文通天下

突 破 认 知 的 边 界

天坛夏景 FuxinG 2022.6.28.

十年前的夏天 FuxinG 2022.7.3雨中.

圣路易斯的童年 Fuxing 2022.3.18.

阿里桑纳之夏
FUXING 2022.6.25.

FUXING
2022.6.21 夏至

2019年夏在香山 FUXING 2021.10.16.

暑假在大雾山 ZUXING 2022.5.29.

Crazy Saxophone
FUXING 2021.9.1.

暖心哲思
散文

# 生命是一条流淌的河

肖复兴 著

天津出版传媒集团
天津人民出版社

**图书在版编目（CIP）数据**

生命是一条流淌的河：暖心哲思散文 / 肖复兴著
. -- 天津：天津人民出版社，2023.6
ISBN 978-7-201-19299-4

Ⅰ.①生… Ⅱ.①肖… Ⅲ.①散文集—中国—当代
Ⅳ.①I267

中国国家版本馆CIP数据核字(2023)第065794号

**生命是一条流淌的河:暖心哲思散文**
SHENGMING SHI YITIAO LIUTANG DE HE：NUANXIN ZHESI SANWEN

出　　版　天津人民出版社
出 版 人　刘　庆
地　　址　天津市和平区西康路35号康岳大厦
邮政编码　300051
邮购电话　（022）23332469
电子邮箱　reader@tjrmcbs.com

责任编辑　陈　烨
策划编辑　郭丽丽
装帧设计　尚燕平

制版印刷　河北朗祥印刷有限公司
经　　销　新华书店
开　　本　880毫米×1230毫米　1/32
印　　张　8.5
字　　数　149千字
版次印次　2023年6月第1版　2023年6月第1次印刷
定　　价　49.80元

# 自 序

我读的第一本散文集，是刚上初一时买的《荔枝蜜》，很薄的一本书，只有几十页，收录了当时有名的十位作家的散文，共十篇。每篇散文的篇幅都很短，并随文配了精致线描插图，画底衬以苹果绿的颜色，占整整一个页面。内文的字体很大，不像现在有的书的字号太小，费眼睛。我很喜欢读这本书，读了许多遍，抄录了其中的很多段落和句子。可以说，从那时起，我迷上了散文，仿照着书中的文字，开始写自己的“荔枝蜜”。谁没有属于自己的“荔枝蜜”呢？它悄悄地藏在每一个孩子的甜甜的心里。散文，最适合也最方便帮助孩子挖掘出藏在他们内心中的“荔枝蜜”。

我买的第二本散文集是《迟归》，这也是一本很薄的小书。书的作者李冠军是一位中学老师，书中写的全部是他的校园生活，其中提到的学生和我的年龄差不多大，提到的老师和我熟悉的老师人影叠印重合，对我而言是那样亲切。我曾经也抄录过书中的《迟归》《夜曲》《共同的心愿》《球场外的掌声》等多篇，这本书几乎伴随我的整个中学时代，照葫芦画瓢，我学着写了好多篇关于我们学校内同学们一起学习生活的作文。

抄写《荔枝蜜》和《迟归》的笔记本还在，少年时幼稚却真挚的心迹至今犹存，温暖又温馨。

文学的品种有很多，除散文外，还有诗歌、童话、小说、戏剧、评论，等等。但是，我一直觉得，并且不止一次地说过，在阅读的最初阶段，还是应该有侧重、有选择地看。以我自己粗浅的阅读经历和成长体会来看，散文恰恰更适合最初接触文学的人们阅读，尤其是对于告别了童话故事的孩子而言，散文是最好的选择，小说应该在其后，这才符合一般人成长的心理特点和阶梯阅读的规律。

现在，摆放在读者面前的这一套暖心散文，所收录的内容，无论是写回忆，写感悟，还是写读书，都是经过精心挑选的，适合年轻读者来读的。在文字中，作者与读者之间产生情感交流，有所感，有所悟，有所碰撞与相融，才会使这三本小书真正成为暖心散文。

作为一个从阅读到写作的经历者，无论阅读还是写作，我有这样三点小小的体会，愿意“好为人师”地告诉读者朋友们，就算作“暖心提示”吧：

一是小一点儿。不要贪多，更不要贪大求全。我自己读中学一直到读大学期间，都没有读过或读全四大名著，为什么要求我们在小小的年纪就一定读完这样的大部头？我最初选择阅读散文，就因其短小精悍。小，才容易读，才容易学，才容易把握住，才容易消化，从而真正变成自己的营养。这样的营养，不仅帮助我们写作，更帮助我们成长。

二是抄一点儿。好记性不如烂笔头，我相信每一位优秀的作家，每一位优秀的学生，都不会没有过抄书的经历。抄一点儿，帮助我们记忆，也帮助我们学习。过去有句俗语：“熟读唐诗三百首，不会作诗也会吟。”还有句俗话：“天下文章一大抄。”这里的“读”和“抄”，实际上讲出了抄书的重要性。只读书，不抄书，学习上的收获是不一样的。养成抄书的好习惯，然后再延伸到记笔记的好习惯，一辈子受益。

三是写短一点儿。孙犁先生曾经写过一篇很短的散文《菜花》。冬天的大白菜，放久了，菜头会长出黄色的小花来。孙犁先生写的就是这样不起眼的白菜花，并引申写了这样一段话：“人的一生，无疑是个大题目。有不少人，竭尽全力，想把它撰写成一篇宏伟的文章。我只能把它写成一篇小文章，一篇像案头菜花一样的散文。”这是经验之谈，足可供我们思考和学习。最初的写作，不要贪大求全，不要总想着作孙犁先生说的那样的“大题目”、写那样“宏伟的文章”；从这样如菜花一样短小的散文入手，无疑是最佳选择。

感谢出版社和编辑朋友编辑出版这套暖心散文。

期待读者朋友的批评指正，当然，也期待你们喜欢，更希望能够对你们有哪怕一点点的帮助或启发。

2022年11月4日写毕于北京

# 目 录

## 卷一 纷乱中的静止

尺书里，但平安二字，多少深长。

## 卷二　时间，让记忆更加浓厚

如果我们还能在行色匆忙之中偶然被一首陈年老歌或被一点些微小事打动，说明我们还可救药。



## 卷三　擦肩而过，已是百味

这条我曾经熟悉的胡同，和这条胡同里我曾经熟悉的学院，其实都早已经变得我不大认识了。

## 卷四 美好始于善意

存在于心最本能的良善，是让我们相信艰辛乃至丑陋中却存在温暖和希望的最朴素的力量。

## 卷五　人生的标准

生命平衡的力量，其实就是我们平常生活的定力，是我们琐碎人生的定海神针。



## 卷六　亲情是对抗残酷世界的良方

我们可以埋怨父母的娇惯和期待超重，却永远不该埋怨父母对自己的情感超重。

## 卷七 生活，也是一门艺术

生活中，并不是每天都会下雨，也不是每晚都出星星。

# 卷一

# 纷乱中的静止

尺书里，但平安二字，多少深长。

# 古柏树下

和其他公园相比，早春时节的天坛，除了零星的迎春花开之外，没有其他的花开，斋宫里的玉兰，也要等到三月末了，有名的西府海棠，要到四月中旬才能见了。

灰蒙蒙的天坛，这时候靠古树提气。这确实是其他任何一座公园都无法匹敌的。这样的古树，天坛如今一共有3562棵。如果不是天坛建坛六百年漫长时光中人为的战火与天然灾害的纷乱侵蚀，古树的数目，应该更多。

天坛里最为人瞩目的古树，当数长廊北侧的柏抱槐，和回音壁外的九龙柏了。那里的古树，因为太有名，都被铁栏杆围着，人们无法与之亲密接触。对于我，最喜欢的是西柴禾栏门外的三棵古柏。这么多年，几乎每一次到天坛，都会到这三棵古柏前看看，好像它们是我的风雨故人；有时会画它们，总也画不厌，也画不像。

在天坛，柴禾栏门有两座，分列祈年殿围墙根的东西两侧，当初，是为给神厨宰杀烹饪牛羊等祭品提供烧柴用的。这两座门，如今都是天坛的办公之地，西柴禾栏门里放着清洁卫生的三轮车，不对外开放，因此，这里的游人几近于无。门前，三棵古柏，由东到西排列，春秋冬夏，枝叶茂密，郁郁苍苍，如三个威武的壮士，屹立在那里，脚下是草坪如茵，背后是红墙似血，有一股难言而雄浑的沧桑感。特别是春天，草的嫩绿，树的苍绿，墙的火红，瓦的黛绿，色彩对比得强烈而鲜明，我一直以为，最能代表天坛的色调。这三棵粗壮的古柏，树龄都很老了，一棵五百六十年以上，两棵六百二十年以上。在整个天坛，找到这样年头悠久、三棵并排站在一起的古树，很难了。

三八妇女节的中午，我从南过花甲门，沿着一溜儿红墙贴身前行，走到墙尽头的拐角处，就可以看见这三棵古树了。忽然，一眼看见，最里面的那棵古柏前，站着一位姑娘。她就那么静静地站着，一动不动，站了很久，始终抬头望着树冠。我站在那里，也一动不动，我不想打扰她。很少见到有游人到这里来，更从来没有见过有人这样静静地站在那里，抬头看树。

我看见姑娘动了，围着这棵古柏缓缓地转了一圈，她的手臂不时抚摸着皴裂的苍老树干。那样子，像孩子环绕着老人的膝下，老树因此而变得慈祥，对她诉说着悠悠往事。有风轻轻吹来，枝叶簌簌拂动。中午的阳光，透过枝叶，温煦地洒在她的脸上、身上，因为她在走动，阳光不时跳跃，一会儿顺光，一会儿逆光的，脸上和身上，像蝴蝶翻飞。

我忽然有些感动，为这个姑娘，也为这古树。

姑娘对古树如此敬畏。古树值得姑娘如此敬畏。

只是，如今，我们不少人似乎没有或者说缺少这样对树敬畏的感觉。我们一般愿意膜拜神像，却不知树尤其古树，其实也是神，是自然之神。在大自然面前，人是渺小的。在有五六百年树龄的古树面前，人也是渺小的。

想起古罗马的哲学家奥古斯丁，羞愧于情欲的私缠想跪拜在神的面前忏悔，他没有去到教堂的十字架前，而是跪倒在一棵无花果树下。

也想起古罗马的诗人奥维德，在他的伟大诗篇《变形记》中所写的菲德勒和包喀斯那一对老夫妇，希望自己死后不要变成别的什么，只变成守护神殿的两棵树，一棵橡树，一棵椴树。

在那遥远的时代里，树是那样让人敬畏。在如今的商业时代，树只是一种商品，或观赏品，而不再是一种自然之神。

我们再也不会将树称为神木，更不会跪倒在一棵树下，或希望自己死后变成一棵树。

我看见姑娘在这棵古柏前绕了一圈，又走到第二棵，在这三棵古柏前都默默地绕了一圈。

和她擦肩而过的时候，我和她打了个招呼，她站住了，客气地向我问好。我和她简单聊了两句，知道她是趁着过节从上海来北京玩的。我刚想问她为什么对这三棵古树如此感兴趣，她却抢先问我："您知道天坛里还有比这三棵古树更老的树吗？"我告诉她前面不远处有一棵快要倒下却依然活着的古柏，很值得一看。她迫不及待和我告别了。

姑娘不到三十岁，姣好的面容，马尾辫，一身运动装，白色的运动裤，红色的运动绒上衣，外加一件米黄色的马甲，头戴着白色的棒球帽，身上背着棕色的双肩包，和苍绿如同深深湖水的那三棵古柏，和那红墙，和那绿草坪，颜色纷繁，像是盛开的一朵奇异的七色花。

那些天，上海疫情严重，忽然，想起了这位姑娘。

# 平安报与故人知

家对门一楼的小院里，种着两棵杏树，今年开花比往年早一个多星期，根本不管疫情肆虐全球，烂烂漫漫，满枝满丫，开得没心没肺。这家主人，每年春节前都会携妇将雏全家回老家过年，破五后回来。今年破五了，元宵节过了，春分都过了，清明也过了，他们还没能赶回家，不知是在哪里受阻了。屋子里始终是暗的，晚上没见到灯亮，月色中显得有些凄清。小院里，任凭杏花开了，落了，一地缤纷如雪，又被风吹走，吹得干干净净。小院一直寂寞着，等候主人的归来。

在这样非常时期，没有比平安归来更令人期待了。毕竟是家，平安归家，是世上所有人心底最重要的期盼。

闭门宅家，一天天地看着对门的杏花从盛开到凋零，到绿叶满枝，心里对这家人也充满平安的期待。其实，也是对所有人的期待。我的孩子在遥远的国外，很多朋友在外地，甚至有人就在最让人牵心揪肺的武汉和襄阳、宜昌等地。怎么能不充满期待与祈愿呢？

无事可做，翻书乱读，消磨时日，忽然发现我国古诗词中，写到平安的诗句非常多。这或许是因为心有所想才会句有所读吧。不过，确实俯拾皆是，足可见平安是从古至今人们心心相通的期待与祈愿。如果做大数据的统计，猜想“平安”会是诗词中出现非常多的词汇，可以和“山河”“明月”“风雨”“鱼雁”“香草”“美人”等这些属于中国独有的意象词汇相匹敌。

“种竹今逾万个，风枝静，日报平安。”这是宋代一个叫葛立方的词人填的一阕并不知名的小令，但竹报平安却是我国尽人皆知的象征。这句词，写的是平常日子里的景象，其中一个“静”字，道出这样平和居家日子的闲适。如果是在平常的日子里读，我会随手就翻过去，不会仔细看，觉得写得太水，大白话，没什么味道。如今读来，却让我向往，更令我感叹。日日足不出户宅在家中，没有任何人往来，屋里屋外，同样也是一个“静”字，心里却是暴风骤雨，电视屏幕中世界各地出现的确诊人数惊心动魄地频频增加，会让这个“静”字倾翻，而让“平安”二字格外升高，让人多么期盼。

“身投河朔饮君酒，家在茂陵平安否。”这是唐代王维望乡之诗，远在他乡，喝着别人的酒，惦记着家人的平安，酒中该是何等的滋味。

“自别萧郎锦帐寒，凤楼日日望平安。”这是宋代陈允平怀远之诗，写闺中情思。“从今日望平安书，我欲灯前手亲拆。”这是放翁的诗，一样怀人念远，是对朋友的牵挂，对平安书信的渴望。他们都强调了对日日平安的渴望与期盼。如果仅仅是和平时期时光的阻隔，便只是日常的情谊缠绵，甚至是儿女情长；如果是灾难的阻隔，那平安的分量便会沉重无比。“尺书里，但平安二字，多少深长。”同样是平安书信，同样是宋代的词人，刘克庄的这句词，多少道出了这样的分量。

我所能读到的关于平安的古典诗词中，最让我感动并难忘的，是岑参的“马上相逢无纸笔，凭君传语报平安”。这是小时候就读过的诗句，那种在战争或离乱之中偶遇故人，无纸无笔，急迫匆忙之中让人传个话给家人报个平安的心情，什么时候读，都让人心动。比起同属于唐代诗人的张籍的诗句“巡边使客行应早，欲问平安无使来”，要好；比起元代顾德润的“归去难，修一缄回两字报平安”，要好不知多少。

岑、张、顾三位，同样都是归去难，一个只是守株待兔般空等使者的到来，好传递平安家书；一个是已经写好哪怕只有两字的平安书信；一个是偶然相逢归家的故人，托他传达平安的口信。一个让平安如同栖息枝头的鸟；一个则是让鸟迫不及待地放飞家中；一个是根本没有鸟，只是心意凭空传递，如同风看不见，却让风吹拂在你的脸庞和心间。平安，让相隔的关山万重显得多么沉重。岑参的好，是因为哪怕只得到平安的口信，也可以抚慰一些我们内心的牵挂与期盼。它会比接到真正的平安书信更让我们感动，并充满想象。平安，在虚实之间，在距离之间，变得那样绵长，更属于我们心底的一种期盼和祈愿。

同在望乡或怀远之中渴望平安消息一样，关于得到平安消息和终于平安归家的诗词，也有很多。“平安消息好，看到岭头梅”，这是文天祥的诗句；“旧赏园林，喜无风雨，春鸟报平安”，这是周邦彦的词；“难忘使君后日，便一花一草报平安”，这是辛弃疾的词。无论是得到平安消息，还是平安归来，他们都是将平安与梅花、春鸟，乃至一花一草那些美好的意象联系在一起。在这个动荡的世界上，平安，是最美好的一种意象，一种无价的向往。因为平安是和无价的生命紧密联系在一起，任何财富与权势，都无法与之相比。

关于平安的近代诗词中，我最喜爱的是鲁迅先生和陈寅恪先生的两首绝句。

“我亦无诗送归棹，但从心底祝平安。”这是鲁迅先生1932年送给归国的日本友人的诗句。这一年，日本侵略者将战火烧到上海，战争烽火中，平安同那海上随海浪颠簸动荡的归棹一样，让人充满担忧，使得心中的祈愿是那样的一言难尽，意味深长。

“多少柔条摇落后，平安报与故人知。”这是陈寅恪先生1957年写给妻子的诗句。这一年，陈寅恪在广州中山大学教书，校园里，印度象鼻竹结实大如梨，妻子为竹作画，这是陈题画诗中的后一联。这一年，刚经历反右斗争，其平安一联是写给妻子也是告语朋友的。其中“柔条”和粗壮的象鼻竹毫不相称的对比，会让我们看到劫后余生的平安，是多么的难能可贵，而让人们格外喟叹与珍重。陈寅恪为妻子写了两首题画诗，另一首尾联写道：“留得春风应有意，莫教绿鬓负年时。”说的正是这珍重之意。可以说，珍重，是平安之后的延长线。平安，便有了失而复得之意，也有了复而再失的警醒。

人生沉浮，世事跌宕，无论在什么样的时代背景与生活境遇下，无论在什么样的生活动荡与变化中，哪怕我们早已经从农耕时代飞跃进电子时代，从古到今，平安都是世界共情共生的一种期待与祈愿，这种期待与祈愿万古不变。特别是在如今疫情全球蔓延之际，这种平安的期盼与祈愿，更是让人把心紧紧地攥在胸口，无论富贵贫贱，无论种族国家，无论是梵蒂冈的教皇，还是不列颠的女王，无论是奔波在前线的战士，还是居家的普通百姓，没有比平安的期盼和祈愿更重要的了。“但从心底祝平安”，是我们的期盼；“平安报与故人知”，是我们的祈愿。

让我一直隐隐悬着的心一下子放下来的是，前两天的晚上，家对门一楼的房间里亮起了灯，橘黄色的灯光，明亮地洒满他们家的阳台。主人终于平安地回家了。尽管错过了今年小院里杏花如雪盛开，但那两棵杏树，已经绿荫如盖，也算是替他们守在家中，便“一花一草报平安”了。

# 燃烧的蜡烛

疫情暴发后，一直闭门在家，看书成为打发现在的时间、期冀以后的日子最好的法子。断断续续，一直在读《布罗茨基谈话录》和以赛亚·伯林的《个人印象》。两本书中都有关于诗人阿赫玛托娃的篇章，对这位“俄罗斯诗歌的月亮”，两人都有着充满深厚感情的回忆。

其中布罗茨基回忆起这样一件事：1965年2月15日，阿赫玛托娃曾经寄给他两支蜡烛。那时候，布罗茨基二十五岁，阿赫玛托娃对他这样一个年轻诗人非常赏识，一直给予关怀和鼓励。在《个人印象》中，记录了阿赫玛托娃和以赛亚·伯林的对话，她说：“我们是以二十世纪的声音说话，这些新的诗人谱写新的篇章。”并说：“他们会让我们这一帮人都黯然失色。”这里所说的“他们”和“这些新的诗人”中，首先包括布罗茨基。这时候的布罗茨基正被流放，在偏远的荒野之地，接到这样的两支蜡烛，心情可以想象。

更何况，这是两支什么样的蜡烛啊！布罗茨基回忆这两支蜡烛：“来自锡拉库扎，极其的美好——它们在西方制造：透明的蜡烛，阿基米德式的……”

我无法想象透明的蜡烛是什么样子，尤其是燃烧时红彤彤的火焰升腾在透明的蜡烛上的样子，因为我见过的蜡烛都是白色或红色的，从来没见过透明的。我也不知道阿基米德式的蜡烛是什么样子的，只知道锡拉库扎是意大利西西里岛上的一座古城，来自那里的两支古典式的蜡烛，无疑是珍贵的礼物。对于正在受难中的布罗茨基，其珍贵不仅在于感情的古典，同时也在于燃烧的蜡烛给予他光明的希望。

对于没有大规模停电体验的人，如今的蜡烛，只成了婚礼现场和夜餐厅的一种情调的点缀，袅娜摇曳的烛光，美化或幻化着人们似是而非的想象。如果再稍微文化一点，对于我们中国人，蜡烛有心和竹子有节一样，成为感情和气节的一种古老的象征；西窗剪烛，也成为一种情感与希望的期待。

蜡烛，对于俄罗斯人，尤其是在莫斯科和圣彼得堡的人们而言，曾经是珍贵无比又痛苦无比的回忆。在第二次世界大战期间，德国法西斯入侵苏联，全城停电的夜晚，蜡烛萤火虫般的点点闪动的微光，不仅照明黑暗，也辉映着炮火的闪光；曾经刻印进肖斯塔科维奇的交响乐中和诗人的诗行间，也刻印在那一代俄罗斯人的记忆里。

蜡烛，在阿赫玛托娃那里，也曾经是诗的一种意象。

记得在《安魂曲》中，她写过这样的诗行：

> 蜡烛在我的窗台上燃烧，
> 因为悲痛，没有其他理由。

这是只有阿赫玛托娃和布罗茨基那一代人才有的记忆。蜡烛，便不止于诗的意象，而成为生命中的雪泥鸿爪，一个时代抹不去的印迹。蜡烛无语而沧桑，燃烧着一代人的悲痛，这样的诗，便具有了史诗的意味。

在遥远的流放之地，接到这样两支蜡烛，便和岁月静好的平常日子里，意义不尽相同。莎士比亚写过一句台词："人变了心，礼物也就变轻了。"同样可以说：世道变了，人心始终如一，礼物也就更显得重了。

于是，事过经年，这两支蜡烛的细节，晚年的布罗茨基记忆犹新。

往事重忆，旧诗新读，别有一番滋味。尤其在武汉封城一月有余的日子里，读这样的诗句，不由得想起武汉城中那些救灾救难的来自全国的医护人员，还有那九百万的满城普通百姓，特别是那些为救灾而死去的医护人员，和因病毒入侵而死去的芸芸众生。尽管时代背景完全不同，但在灾难之中普通百姓所遭受的痛苦是相同的。“因为悲痛，没有其他理由”，真是痛彻心扉。燃烧的蜡烛，便燃烧着我们共同的心。

夜静心不静，写下一首打油诗，以抒读后之感：

闭户锁门伤岁华，读诗阿赫玛托娃。
春风不解江边疫，冷雨犹开纸上花。
樱树花前月空落，安魂曲后夜哀笳。
一联蜡烛悲痛在，垂泪替人多少家。

# 床单上的天空和草地

曾经读过一篇文章，介绍“二战”期间一位美术老师和她学生的一桩往事。这位老师和她的学生都是犹太人，当时在布拉格，德军入侵后，将他们一起带到集中营关押，每人携带的行李有重量限制。这位老师宁肯取出自己的一些衣物，也不忘把一个厚厚的床单塞进行李箱。而且，她把床单染成了绿色。即使被关押进集中营，她还坚持为孩子们上课，课余，她还要像以往一样教孩子们排戏演戏。这个染成绿色的床单，就是戏中的布景，是戏中的天空或草地。

这则真实的故事，让我难忘。我想起我的儿时，孩子天生都爱演戏吧，在我居住的大院里，我们一群孩子也曾经在放假的时候乐不可支地排戏演戏，我们也曾经拥有过戏中出现的床单。只不过，我们是把床单挂在两株丁香树之间，当作演出舞台上的幕布。我，包括所有的孩子，即使那些比我年纪大的大哥哥大姐姐，没有一个人，将床单想象成戏中出现的天空和草地。床单，都是我们从家里偷偷拿出来的，各家的床单上的图案不尽相同，但没有一个床单上印有天空和草地，即使真的印上了天空和草地，以我们那时的认知水平，也不会想象得到，会是戏中的天空和草地，我们只是把床单当作虚拟舞台上的幕布。

现在看来，虚拟和想象，是有距离的。这距离，到底在哪里呢？读完那则真实的故事，我常会惭愧儿时的见识浅陋，当时只是觉得演戏好玩，不会往深里想。都说少年不知愁滋味，其实，那只是指在岁月静好日子里长大的孩子而已。在战争期间，那些从布拉格被驱赶进集中营的孩子，绝对不是一样的心理和生存状态。同样是演戏，我们是在和平的年代，四周没出现过刺刀和炮火；他们却时时刻刻都有被送进奥斯威辛的焚尸炉里的危险呀（事实上，其中很多孩子和他们的这位老师，是被送进了奥斯威辛而死亡的）！同样是演戏，我们是觉得好玩；而他们却是通过演戏，在生命危急时刻燃起最后一点希望。

这一点，正是这位可敬的女老师的心愿。在那些个日日煎熬、时时有被送进奥斯威辛的危险之际，正是这位女老师有着这样单纯美好而坚定的心愿，她才会每晚带着这些孩子爬到楼顶的阁楼上排戏演戏。她会和孩子们一起把那个染成绿色的床单挂起来，或铺在地上。床单就是天空和草地了，缀满星星，开满鲜花。黑暗中的绿色，燃烧起绿色的火苗，让孩子对这个残破的世界，对渺茫的未来，还抱有一线希望。这位女老师，还带着孩子们在那里画画，然后，趴在窗前，看窗外的夜空和远方——那可不是我们现在说得泛滥而时髦的“诗和远方”，是在战争的苦难中升腾起的对未来并未泯灭的最后一点希望。

每一次想到这里的时候，我都会为这位女老师和这些孩子而感动。我也曾经是一位老师，我会想，如果我面临这位女老师的处境，在被关入集中营之前的匆忙之中，我会想起把家里的床单染成绿色，让床单成为天空和草地，塞进行李箱里吗？在凛凛的刺刀之下，在狰狞的炮火之中，在沉重的压力面前，在临行的慌乱之中，我还能有这样一份到那里之后要带孩子们排戏演戏的心思吗？真的，很惭愧，我恐怕做不到。

在读罗兰·巴特的《文之悦》一书时，读到其中“梦”的一节，看到他写道：“梦是一个未开化的逸事，由完全开化的感觉构织而成。”不知为什么，我再一次想到这位女老师和她的学生们。我忽然想到，那个被染绿色的床单，其实就是他们的梦啊，是这位女老师在心中先有了这样一个“完全开化的感觉”，先织就了这个梦，然后再把这个梦传递给她的学生们，让这个梦在孩子们的心里一起升腾起来，让这样的梦不仅成为一则逸事，更成为感动我们的一个传奇。

包括她和孩子一起排戏演戏在内的一切艺术，其实，都是人类之梦。这个梦，即使再单薄，再弱小，再缥缈，却可以帮助我们抗争世界的战争等一切灾难，平衡生活的不公等一切痛苦，让我们对这个世界，对我们的生活，抱有可以活下去的信心和勇气。

所以，他们可以将床单变成天空和草地。而我们童年的床单，只是演戏时的幕布。

在回忆中，我们的床单，还是床单；而他们的床单，已经成为一种梦境。

# 应无所住

世上有一些人是应该记住的。如果根本就不知道，是见识的浅陋；如果知道了而没有记住，是心无所持，犹如荒漠，撒下再多的种子，也难以发芽。

在南华寺，我见到了虚云大师。说准确些，是见到了虚云大师题写的一块碑刻。

南华寺在广东韶关曲江东六公里处，北靠青山，南邻绿水，始建于南朝，有一千六百年的历史，是六祖惠能弘扬禅宗的道场，香火鼎盛，可谓岭南名寺。我是在快出寺门时看到的这块碑刻，不大，青石板上镌刻着清秀的四个大字“应无所住”，题款是“虚云时年一百二十岁”。我知道，虚云大师长寿，活了一百二十岁。这是他临终前留给世上最后的一幅墨迹，可以和弘一法师最后留下的“悲欣交集”媲美。据说虚云大师圆寂的时候，老梅枯枝突然开起梅花，而寺中菜园里的青菜竟开出了莲花。

有意思的是，旁边一位朋友指着这块碑刻上的“住”字对我说：“这是虚云大师故意少写了一笔，应该是‘往’字，应无所往。”立刻，旁边有人反唇相讥：“不对，就应该是‘住’字，《六祖坛经》里有记载：‘应无所住，而生其心。’”两种解释，两种意思，如果是“往”，则来路茫茫心无所依而虚无；如果是“住”，则了无牵挂而心静禅明，即六祖所说最有名的那一偈：菩提本无树，明镜亦非台。本来无一物，何处惹尘埃。

我对《六祖坛经》一无所知，查了书，知道后者是对的，这是五祖传授衣钵之前，对惠能讲述《金刚经》时说的一句话：“应无所住，而生其心。”惠能听后大悟，五祖方才授其衣钵，命其六祖。对惠能，五祖还说了关于衣钵与经法的另外一段话：“法则以心印心，皆令自悟自解，衣乃争端之物，止汝勿传。”以我浅薄之见，觉得这应该是对“应无所住，而生其心”的进一步解释，精神上的追求，永远高于身外之物的无谓争端，心才能够澄清明净。

虚云大师就是这样的一个人。1935年，南华寺已经一片凋败，时任国民政府广东省主席李汉魂将军力邀虚云大师来主持修建南华寺，当时虚云大师已经九十六岁高龄。历时十年，艰苦卓绝，才有了我们现在看到的南华寺。要知道，这十年中正逢抗日战争，战火连绵之中，依然痴心不改，一意孤行，修建古寺，这可是巨大的工程，该是多么“应无所住，而生其心”。

在参谒南华寺时候，我听说了关于虚云大师这样一件往事，心里对他更加景仰。日本侵略者的战火即将烧到南华寺的时候，是虚云大师将寺中五百木雕罗汉都藏在了大雄宝殿的三宝佛像的肚子里，逃过了战火一劫。这五百木雕罗汉可是南华寺的宝贝，北宋的作品，全部为紫檀，高五十厘米，和大雄宝殿墙上的立体泥塑的五百罗汉相对应，须眉毕现，极为罕见，如今成了国宝。为了保险，这个秘密只有虚云大师一人知道，一直到二十世纪六十年代，人们打扫大雄宝殿卫生的时候，才偶然发现了三宝佛像肚子里的秘密。“应无所住”，是指个人的修行，洗去尘心；而面对国家、面对正义尊严的时候，佛心所向，则是另一番景象。

1935年到1942年这七年中，虚云大师都在南华寺，也就是说，从九十六岁到一百零三岁，他都在这里，他在这里度过了自己的百年寿辰。战乱的绵延与繁重地修建南华寺的过程之中，不知道是否有人为他祝寿。在大雄宝殿的旁边，见到一棵拥有二百五十年树龄的菩提，禁不住心中一动，想起古罗马的哲人奥维德，希望自己死后能够变成守护神殿的一棵树。这棵枝叶参天的菩提，应该就是虚云大师的寿像。我仰头观望，秋高气爽，夕阳辉映下，树冠袅袅升腾起一团红云。

# 铁板的呼吸

铅灰色的墙，铁锈红四围的顶和一抹感叹号的外饰，和那天阴沉沉的天，是那样的匹配。冬日的风吹得也是那样的适时适地，料峭而凛人。狭窄的门内，是一道弯曲的走廊，内墙全部都是由长方形的铁板一块块砌成，铆上的钉眼看得很明显，如同一颗颗明亮的黑眸。铁板墙上挂满了战俘的照片，是那场抗日战争中被日军俘虏去的中国军人，发黄的照片，褐色的镜框，沉淀着逝去了半个多世纪的日子。

在世界上，我从来没有见过一座战俘纪念馆。我也从来没有见过一座全部用铁板建成的纪念馆。似乎只有用这样沉甸甸的铁板，才能够托得起沉甸甸的历史和亡魂。走在窄窄的走廊里，两旁战俘的照片投射下来的目光，和两旁的铁板一样沉重，但绝对不是压抑。因为地板也全部由铁板铺就，只有间或铺成的玻璃砖下，看得见下面的日本侵略者的钢盔被地灯照亮，侵略者已经被我们踩在了脚下。

特别是看到这样的照片，比如刘启雄将军的照片，在那场震惊世界的南京大屠杀中，他是日军捕获的中国最高将领。军大衣的领子高高竖立着，剑眉高挑，目光如炬，不像是战俘，倒像是在凛然地审判着侵略者。

还有那张成本华的照片，一位战斗到最后一刻被捕的女兵，看得见她的身后是一排日本兵，原本她的面前应该也有一排日本兵，她那样的潇洒，扣襻中式棉袄的蜈蚣襻紧紧扣到了领口，腰间系着武装皮带。她双手抱在胸前，眼睛和嘴角都含有微微的笑意。那笑意是对生死的度外，是对敌人的蔑视。

还有那张照片，一个不知名的十三四岁的少年军人，子弹袋、军号和军用水壶都还挎在身上，逆光的脸庞上，呈现出不屈的神情。稚气未脱的孩子，笔直立定站在那里，定格在苍茫的历史中。

……

一种从未有过的感动，冲击在我的胸口。解说员告诉我，被俘到日本的战俘，90.97%最后都死在了日本。在那战火纷飞血腥的战场上，牺牲的是烈士，生还的是英雄，被俘的呢？多少年来，他们和他们的亲人，一直饱受着别人所无法理解的痛苦和屈辱。其实，只要没有变节，他们一样是英雄，为了把侵略者赶出我们的国土，他们一样是胜利的奠基者，他们不仅用自己肉体的生命，更用自己忍受屈辱的灵魂，为我们和平的今天铺平了道路。

这样的照片，布满整个纪念馆，或挂在墙上，或矗立在地上，或陈列在玻璃柜中，或悬挂在墙顶。它们如同群鸟，密集如云，用自己的羽翼遮挡住天空中的风雨，给我们的今天一片阴凉和安宁。

走在这样的纪念馆中，他们的目光无处不在，会从任何一个缝隙中，穿透悠长而容易被我们遗忘的日子，投射到我的脸上和身上，无语话沧桑，似乎他们每一个人时时都能够从照片中跳出来，感怀思报国，拔剑起蒿莱。这时候，你真的能够感受到，纪念馆中紧紧包围在你四周的铁板那含有温热的呼吸。真的能够听到，怦怦的，让你和它们一起心跳如鼓。

这些照片全部是一位叫作樊建川的中国人到日本收集来的。他抛撒了大量的金钱，耗费了二十多年的时间，水滴石穿。据说，有一次他买回了一批照片，从日本回国，海关的人很奇怪这么多箱子里究竟藏有什么，非要拆箱检查，他们看到是这样的照片，不禁肃然起敬。他用时间更用良知，建了这座战俘纪念馆，他让一直尘埋网封的这样一段特殊的历史，他让这样一个个不屈的生命和灵魂，没有被风干，没有被遗忘，而是真实又充满敬意、富于生命感地走到我们的面前。

走出纪念馆，紧靠着的是一池清水潭，被称为静心池，开阔的天空和沉郁的铁板都映在池水中，仿佛故意用这一池碧水清波和四周的铁板做刚柔相济的衬托，它让我的心有了沉静融化的地方，它让那些不死的灵魂有了归来安栖的抚摸。

这个纪念馆在四川的安仁镇，离成都大约四十公里。我告诉自己要记住这个地方，也告诉我的朋友，四川不仅有峨眉山、九寨沟、杜甫草堂、武侯祠堂，还有这样一座用铁板建成的战俘纪念馆。

# 孤独的普希金

来上海许多次，没有去岳阳路看过一次普希金的铜像。忙或懒，都是托词，只能说对普希金缺乏虔诚。对比南京路、淮海路，这里似乎可去可不去。

这次来上海，住在复兴中路，与岳阳路只一步之遥。推窗望去，普希金的铜像尽收眼底。大概是缘分，非让我在这个美好而难忘的季节与普希金相逢，心中便涌出普希金许多明丽的诗句，春水一般荡漾。

其实，大多上海人对他冷漠得很，匆匆忙忙从他身旁川流不息地上班、下班，看都不看他一眼，好像他不过是身旁的水泥电杆一样。提起他来，甚至说不出他哪怕一句短短的诗。

普希金离人们太遥远了。于是，人们绕过他，到前面不远的静安寺买时髦的衣装，到旁边的教育会堂舞厅跳舞，到身后的酒吧间捧起高脚酒杯……

当晚，我和朋友去拜谒普希金。铜像四周竟然了无一人，散步的、谈情说爱的，都不愿到这里来。月光如水，清冷地洒在普希金的头顶。由于石砌的底座过高，普希金的头像显得有些小。我想，更不会有人痴情而耐心地抬酸了脖颈，如我们一样仰视普希金那一双忧郁的眼睛了。

此时，教育会堂舞厅中音乐四起，爵士鼓响得惊心动魄。红男绿女进进出出，缠绵得像糖稀软成一团，偏偏没有人向普希金瞥一眼。

我很替普希金难过。我想起曾经去过的莫斯科普希金广场，在普希金铜像旁，即便是雨雪飘飞的日子，也会有人凭吊。那一年我去时，正淅淅沥沥下着雨，铜像下依然摆满鲜花，花朵上沾满雨珠，宛若凄清的泪水。有人在悄悄背诵着普希金的诗句，那诗句也如同沾上雨珠，无比温馨湿润，让人沉浸在一种美好的意境中。

而这一夜晚，没有雨丝、没有鲜花，普希金铜像下，只有我和朋友两人。普希金只属于我们。

第二天白天，我特意注意这里，除了几位老人打拳，几个小孩玩耍，没有人注意普希金。铜像孤零零地立在格外灿烂的阳光下。

朋友告诉我，这尊塑像已是第三次塑造了。第一尊毁于日军侵华的战火中，第二尊毁于1966年。莫斯科的普希金青铜塑像却屹立在那里半个多世纪安然无恙。

在普希金铜像附近住着一位老翻译家，一辈子专门翻译普希金、莱蒙托夫的诗作，老人一直坚持守在普希金的身旁，度过他的残烛之年。

……

我忽然想起普希金曾经对于春天的诅咒——

啊，春天，春天，
你的出现对我是多么沉重，
……
还是给我飞旋的风雪吧，
我要漫长的冬天的幽暗。

有几人能如老翻译家那样理解普希金呢？过去成了一页轻轻揭去的日历，眼前难以抵挡春日的诱惑，谁还愿意去凛冽风雪中洗涤自己的灵魂呢？

离开上海的那天下午，我邀上朋友再一次来到普希金的铜像旁。阳光很好，碎金子一般缀满普希金的脸庞。真好，这一次普希金不再孤独，身旁的石凳上正坐着一个外乡人。我为遇到知音而兴奋，跑过去一看，失望透顶。他手中拿着计算器正在算账，很投入。他的额头渗出细细的汗珠。

再到普希金像的正面，我的心更像被猫咬一般难受。石座底部刻有“普希金（1799～1837）”字样，偏偏“金”字被黄粉笔涂满。莫非人们只识得普希金中的“金”字吗？

我们静静地坐在普希金塑像旁的石凳上，什么话也说不出来。阳光和微风在无声流泻。我们望着普希金，普希金也望着我们。

# 卷二

# 时间，让记忆更加浓厚

如果我们还能在行色匆忙之中偶然被一首陈年老歌或被一点些微小事打动，说明我们还可救药。

# 春雪邂逅

虎年立春过去一个多星期，忽然铺天盖地下了一场大雪。北京的冬天，多年没有见过这样大的雪了，更不要说早春时节了。

冒着大雪去天坛，衬着飘飞白雪，红墙碧瓦的天坛，一定分外漂亮。没有想到英雄所见略同，和我想法一样的人那样多。想起春节前来时，这里没有多少人，清静得犹如世外桃源，连挂在北天门前那两排银杏树上的红灯笼，都显得格外寂寞，在寒风中无声地摇晃。

想想，如今手机流行，拍照变得方便，人人都成了摄影家，更何况专业的单反相机也成了不少人的装备，趋之若鹜来天坛拍雪景的人，背着大炮一样的各式镜头相机，自然便多。这已经成为天坛的一景。

我坐在双环亭走廊的长椅上，这里平常人不多，今天，也多了起来，多是在双环亭前和对面小山上的扇亭前后拍照的。坐在双环亭里的人，几乎是如我一样的老头儿老太太了，他们看年轻人在纷飞大雪中嬉戏，手机和相机像手中的宠物一样，在雪花中一闪一闪地跳跃。

坐在我身边的，也是一个老头儿。我来的时候他就坐在这里，大概时间久了，显得有点寂寞孤单，便和我没话找话聊了起来，方知道他比我小两届，68年老高一的，当年和我一样，也去了北大荒，是到了密山。一下子，北大荒让我们之间的距离缩短，其实，当时我在七星，密山离我们那里很远。

我们便聊了起来，越聊话越密。他很爱说，话如长长的流水，流个没完。我听明白了，他是来参加他们队上知青聚会的，同班的七个同学说好了，今天来天坛双环亭这儿聚会，在天坛转转，拍拍照，聊聊天，到中午去天坛东门的大碗居吃饭。当初，他们七个同学坐着同一趟绿皮火车的车厢，到北大荒，分配到同一个生产队，别看离开北大荒回北京的年头儿不一样，回到北京后的工作不一样，有人当了个小官，有人发了点小财，有人早早地下了岗，有人早早死了老婆，有人买了宽敞的楼房，有人还住在胡同里的平房……不管怎么说，七个人的友情，一直保存至今，从1967年到北大荒算起，有五十五年的历史，时间可是不算短了。

都快中午了，除了他，那六位一个人都还没来。他显得有些沮丧，拍拍书包对我说："北大荒酒我都带来了，准备中午喝呢。咱们军川农场出的北大荒酒，你知道，最地道，我是专门跑到咱们北大荒酒业驻京办事处买的呢……"

我劝他："雪下得太大了！"

"也是，没想到今儿雪下得这么大，你瞅瞅我们定的这日子，没看皇历！"他对我自嘲地苦笑，又对我说，"好几个哥们儿住得远，今天这路上肯定堵车，兴许都得晚点了。"

我忙点头说："那是！别着急，再等等。"

"大家伙儿都好多年没见了，本来说是前两年就聚聚的，谁想这疫情一闹就闹了两年多，聚会一拖再拖到了今天，又赶上下了这么大的雪！"

"这样的聚会，对你们更有意义！"我宽慰他。

这时候，他的手机响了。接了电话，是他的同学打来的，告诉他来不了。放下电话，他对我说："他家住得最远，清华那边的五道口呢！"

又来了个电话，另一个同学打来的，嗓门儿挺大，我都听见了，也来不了，家里人非要拉他到颐和园拍雪景，人正在去颐和园的路上堵着呢。

“少了俩了！”他冲我说，显然有点不甘心，拿手机给另一个同学打电话，铃声响半天，没有人接。他有些扫兴，又给另一个同学拨电话，这一回接通了，那人抱歉地说：“来不了，实在没辙呀，这么大的雪，咱们改个日子吧！”

他放下电话，不再打了。

坐了一会儿，突然，他站起身来对我说：“这么大的雪，我本来也不想来的。我老伴儿说我，这么大的雪，再滑个跟头，摔断了腿……可我一想，今天这日子是我定的，天坛地方也是我定的呀！”

叹了叹气，他又对我说：“你说那时候咱们北大荒的雪得有多大呀，比这时候大多了吧？那年冬天，一个哥们儿被推举上工农兵大学，给这哥们儿送行，在农场场部，包下了小饭馆，下那么大的雪，跑十几里地，不也是都去了吗？”

我劝他：“此一时彼一时了，兄弟，那时候，咱们多大岁数，现在又多大岁数了？”

“是！是！”他连连称是。说着，他看看手表，站起身来，看样子不想再等了。

“不再等等了？”

他冲我无奈地摇摇头，背着书包走出了双环亭。

雪依旧纷纷扬扬，漫天皆白，遮挡住了不远处的树木和小径。

望着他的身影消失在茫茫的大雪中，心里有些感慨，知青的身份认同，只在曾经同在北大荒的日子里；知青之间的友情美好，只在回忆中。知青一代毕竟老了，几十年的岁月无情，各自的命运轨迹已经大不相同，思想、情感以及价值观，与在北大荒年轻时更是大不相同。如果还能有友情，在五十多年时光的磨洗中，也会如桌椅的漆皮一样，即便没有磕碰，也容易脱落。现在想想那时候的友情，像是看一张老照片，或者一幅还挺漂亮的画罢了。热衷于聚会的知青，沉湎于友情的知青，是那么的可爱可敬，只是，如此缅怀和钟情的纯粹友情，和如今纯粹的爱情一样，已经变得极其稀少。能如古人王子猷雪夜远路访友，只能是前朝旧梦。

没有任何利害关系和欲求的纯粹友情，只能在我们的回忆里。在回忆里，友情才会显得那样美好。时间，为友情磨出了包浆。

# 藤萝架下

一个人喜欢去的地方，和喜欢的人一样，带有命定的元素，是由你先天的性情和后天的命运所决定的。朗达·拜恩在他的著作《力量》中，从物理学的角度解释这一现象说："每个人身边都有一个磁场环绕，无论你在何处，磁场都会跟着你，而你的磁场也吸引着磁场相同的人和事。"

应该在"人和事"后面，再加上"景"或"地"。这种宇宙间的强力磁场，是人与地方彼此吸引和相互选择的结果。因此，每一个人都有属于自己的心灵属地。对于伟大的人，这个地方可以很大，比如郑和是西洋，哥伦布是新大陆。而如老舍，则是北京城；帕穆克，则是伊斯坦布尔。对于我们普通人，这个地方却很小。对于我，便是天坛之内，再缩小，到藤萝架下；然后，再缩小，直至这一个藤萝架下。

这是一个白色的藤萝架，在丁香树丛的西侧，月季园的北端。天坛有不少藤萝架，分白色和棕色两种，我觉得还是白色的好，春末时分，藤萝花开，满架紫色蝴蝶般纷飞，白色架子的衬托下，更加明丽。藤萝花谢，绿叶葱茏，白色的架子和绿叶的色彩搭配也协调，仿佛相互依偎，有几分亲密的感觉，共同回忆花开的缤纷季节。冬天，如果有雪覆盖藤萝架，晶莹的雪花，把架子净身清洗过一样，让架子脱胎换骨，白得变成水晶一般玲珑剔透。

一年四季，我常到这里来，画了好多幅四季中藤萝架的画，画了四季中好多藤萝架下的人。它是我在天坛里的专属领地。

记忆中，童年到天坛，没有见过这个藤萝架。其实，童年我没见过任何一个藤萝架。

第一次见到藤萝架，是我高三毕业那一年，报考中央戏剧学院，初试和复试，考场都设在校园的教室和排练厅里。校园不大，甚至没有我们中学的大，但是，院子里有一架藤萝，很是醒目。正是春末，满架花开，不是零星的几朵，那种密密麻麻簇拥一起的明艳紫色，像是泼墨的大写意，恣肆淋漓，怎么也忘不了。春天刚刚过去，录取通知书到了，一个跟头，我去了北大荒。那张录取通知书，舍不得丢，带去了北大荒。带去的，还有校园里那架藤萝花，开在凄清的梦里。

第二次见到藤萝架，是我从北大荒刚回到北京不久，到郊区看望病重住院的童年朋友，一位大姐姐。一别经年，没有想到再见时，她已经是瘦骨嶙峋，惨不忍睹。童年时的印象，她长得多么漂亮啊，街坊们说像是从年画上走下来的人。不知道是童年的记忆不真实，还是面前的现实不真实，我的心发紧发颤。我陪她出病房散步，彼此说着相互安慰的话——她病成这样，居然还安慰我，因为那时我待业在家，没有找到工作。医院的院子里有一个藤萝架，也是春末花开时分，满架紫花，不管人间冷暖，没心没肺地怒放，那样刺人眼目，扎得我心里难受。紫藤花谢的时候，她走了。走得那样突然。

是的，任何一个你喜欢去的地方，都不是没有缘由的。那是你以往经历中的一种投影，牵引着你不由自主走到了这样一个地方。你永远走不出你命运的影子。那个地方，就是你内心的一面多棱镜，折射出的是以往岁月里的人影和光影。

我的两个小孙子每一次从美国回北京探亲，第一站，我都会带他们到天坛，到这个藤萝架下。可惜，每一次，他们来时都是暑假，都没有见到藤萝花开的盛景。这是特别遗憾的事情，不知为什么，我特别想让他们看到满架藤萝花盛开的样子。

前年的暑假，他们忽然对藤萝结的蛇豆一样长长的豆荚感到新奇，两个人站在架下的椅子上，仔细观看，然后伸出小手小心翼翼地去摸，最后，一个人摘下一个，跳到地上，豆荚一下子成为手中的长刀短剑，相互对杀。

转眼冬天又到了，再来到藤萝架下，叶子落尽，白色的架子，犹如水落石出一般，显露出全副身段，像是骨感峥嵘的裸体美人，枯藤如蛇缠绕其间，和藤萝架在跳一段缠绵不尽又格外有力度的双人舞，无端地让我想起莎乐美跳的那段妖娆的七层纱舞。

想起今年藤萝花开的时候，正是桑葚上市的季节，我用吃剩下的桑葚涂抹了一张画，画的是这架藤萝花，效果还真不错，比水彩的紫色还鲜灵，到现在还开放在画本里，任窗外寒风呼啸。

# 美丽的脆弱

我有一个朋友，假期没有像有的人那样往风景热闹的地方跑，偏偏跑到了当年他插队的地方。那是一个叫作西尔根的地方，很动听也很陌生的名字。走之前，全家没有一个人同意他去。是啊，都离开那里二十六年了，没有一点任何的联系，干吗心血来潮非要去那里？他偏偏就是一意孤行，只好偷偷地离开家，上了奔向内蒙古草原的火车。就像二十六年前他离开北京去西尔根那天一样，也是独自一人，傍晚的夕阳火红，显得有些凄清。

其实，上了火车，他自己也没明白为什么一根筋似的非要大老远地跑一趟那里。也许就像罗大佑的歌里唱的那样："眼看着高楼盖得越来越高……只因为大家见面越来越少；苹果价钱卖得没以前高，或许现在味道变得不好，就像彩色的电视变得更加花哨，能辨别黑白的人越来越少……"久居城市，天天见到的都是这些钢筋水泥和上了油彩化妆的脸，心都磨出了厚厚的老茧，硬得油盐不进，真是容易让人心烦意乱，他要躲个清静，突然想起了那个离开了二十六年的遥远的草原。

他说不清，但他是个强悍的人，想好的事就要去做，不会在关键的时候弱了下来。坐了一天一夜的火车，又坐了大半天的汽车，他就是要奔向那个叫作西尔根的地方。这地名对家人陌生得犹如在天外另一个星球之上，对他却是比世界上任何一个旅游胜地或其他辉煌的地名都要刻骨铭心。望着窗外奔驰而过的北方原野，他愣是一天一夜在火车上没合眼。

他终于见到了西尔根，和在西尔根他想见的人。他曾经在那里度过了整个青春期，那个地方怎么能够像吃鱼吐刺似的轻易地剔除得掉呢？许多和青春连在一起的东西和地方，不管好坏，都是难以忘掉的。西尔根，西尔根，有时会在心中叫着它，就像叫着自己的名字一样。

因为最后几年他当了民办老师，他教过的学生先是呼喊着“巴克西依乐咧”（蒙古语“老师来了”）都跑了过来，却不是他想象的样子，个个已经面目皆非。都是有了孩子四十岁上下的人了，有的居然还有了孙子，能不让他感慨流年暗换？

又听见了熟悉的蒙古语，又吃到了熟悉的扒羊肉，又喝到了熟悉的奶皮子，又闻到了熟悉的“乌日莫”拌炒米的香味和属于西尔根草原风中的清香……酒酣耳热之际，这些学生们对他说：“老师，我们给你唱首歌吧！”他以为是常见的蒙古族人喝酒时的唱歌助兴，那就唱吧，没想到他们忽然齐刷刷地站了起来，齐声声唱的竟是二十六年前自己教他们的那首歌。如果不是他们唱，他几乎都要忘光了，他一辈子就自编了这么一首歌，二十六年了，他们居然还记得？记得这么清清楚楚！不知怎么搞的，当着那么多的学生，他一下子竟泪流满面。

他才发现自己原来并不那么坚强，竟然这样脆弱。一首陈年老歌就让自己的眼泪没出息地流出来。

其实，有时候，人心需要一点脆弱。我们太崇尚所谓的强人和牛仔硬汉，其实，时时都是那样坚强，像时时穿着盔甲、举着盾牌似的，会让人受不了。就像城市要是处处都变成坚强的钢筋水泥，露不出一点见泥见土的地方，就不能让雨水渗进去，滋润出一片青草或一匝绿荫。如果我们还能在行色匆忙之中偶然被一首陈年老歌或被一点些微小事打动，说明我们还可救药。

有时候，脆弱就是这样测量我们是否还可救药的一张pH试纸。

# 大合唱

对于大合唱，我一直都是格外倾心，有一种神圣的感觉，会随着那么多人整齐洪亮的声音里发出，而一起如浪一样地连天涌来。总觉得那声音来自心底，也来自天宇之间，人的声音伴随着天风猎猎，让人声升华，那种回荡在四周的声音，真的会让人感到人的内心原来是可以和天空一样浩荡无边的呀。

第一次见到合唱团，是1960年的9月1日。之所以记得如此清楚，是因为那天是开学的日子，我刚刚小学毕业，考入了北京汇文中学。那时，我十三岁。

学校开迎新会，有学校合唱团和慕贞女中合唱团联合演唱的全本《黄河大合唱》，指挥是我们学校的音乐教师，叫纪恒，是一位口琴演奏家，和当时颇为有名的口琴家石人望同辈齐名。那时，我见识很少，第一次见到这样庞大的合唱团，站满了整个舞台，声音灌满礼堂，回荡着，如惊涛拍岸，真的颇为震撼。

我一直认为，合唱的传统来自宗教，中世纪教堂里的格里高利圣咏，开合唱之先河，很多人从童年就参加教堂的唱诗班，据说那时各种各样的合唱曲就有一千六百多首。文艺复兴时期最有名的音乐家帕勒斯特里那，小时候就是唱诗班的成员，成年后所作的五百多首作品，其中大部分是合唱曲。

老作家林希先生，也格外钟情合唱，从小也是合唱团的团员，他曾经说过："站在合唱队列里，立即有了神圣感。"我特别赞同他的这个说法。这种神圣感，让合唱区别于其他形式的演唱。因为无论西洋或民间或流行的独唱重唱，可以有属于私人化或宏大叙事的种种丰富的情感在内，却难有这样来自天外之音的神圣感。神圣感需要有一定的人数和空间。

最喜欢的大合唱，是《听妈妈讲那过去的故事》和《五月的鲜花》。

《五月的鲜花》，第一次听到，是我们学校和慕贞女中合唱团的演唱。这首大合唱在我们汇文中学的校园里听到，和在别处听来，感受和意味绝对不一样。不仅因为曲子太哀婉动人了，而且作曲者是我们学校里的特级数学教师阎述诗先生，所以听来多一份亲切。它几乎成为我们学校的校歌，常常会在学校各种活动中演唱。最难忘的一次，应该是在阎述诗老师逝世的那一年，在学校的礼堂里，听校合唱团唱这首大合唱，刚听到第一句“五月的鲜花，开遍了原野……”很多同学和老师都流下眼泪。那一年，我正在读初二。

《听妈妈讲那过去的故事》，是前几年从电视里听到的，无伴奏合唱，一群孩子唱得实在动人，一种尘埃落定和一切都归于圣洁与虔诚的感觉，忍不住让我抬起头看看歌中唱的月亮，是不是还那样的清澈透明。在以后的很多日子里，我都在电视里找这个合唱，希望和他们重逢。可惜，我再也没有找到。心想，此曲只有天上闻，给予我的机会只有一次吧？

在近年的央视青年歌手大赛中，新增加了合唱。其中不少很是不错，但也有不少过于刻意，技巧和形式感多于内容和情感。而且，受制于荧屏，人数不够，显得单薄，合唱的气势便弱了许多。现在，听大合唱，要到公园里。在北京，天坛公园、北海公园、景山公园都有群众自发的合唱团。由于完全出于自娱自乐，没有一点功利，唱得就是不一样，发自内心的声音，才属于音乐的本质。

星期天，有时我会到天坛，在长廊有不止一支合唱队，其中一支人数最多，他们手里拿着歌谱，唱得格外认真，指挥的年龄不小了，一脸沧桑、疲惫劳累的样子，但手指在空中一动，像有了魔力一样，完全是另一个人。他们常常唱的一首歌是《祖国颂》，那是一首老歌，他们唱得格外高亢而情深，吸引了不少游客，包括外国游客，不少人加入他们的大合唱中。我也是加入者之一。于是，合唱的队伍会越来越多，歌声也会越来越激荡，成为天坛公园里一大壮观。

我想，对比器乐，人声可以显示自己美妙之极致的可为和可能性，显示了人类可以创造的奇迹，真的是令人叹为观止。如今，科技发展，让器乐特别是电声乐器发展得过于繁复，甚至吵人。如此，才更显示了人声的单纯美好和壮观，让人们对于合唱才如此倾心吧？

# 做韦伯一样的猪

我属猪，和猪还真有不解之缘。

小时候，家中生活拮据，姐姐十七岁就只身闯内蒙古修京包线铁路。头一年回京探家赶上春节，在王府井的百货大楼买了个瓷做的存钱罐，罐子不小，足有小皮球大，造型是头肥头大耳的猪。姐姐对我说："你属猪，就送你这个当过年的礼物吧！"

这头猪便跟随我整整六年，一直到小学毕业，里面存满了哗哗响的硬币。初二那一年，母亲病了，怕花钱，一直不去医院看病，有一天半夜里吐血，吓坏了我。姐姐闻讯从内蒙古赶回家，替母亲在北京铁路医院（当时在东华门附近）办好了医疗证，作为铁路职工的家属，母亲的药费可以享受半价报销。

半价，母亲还是舍不得。姐姐走后，我到王府井的集邮公司卖掉了我的两本集邮册。和那头猪的存钱罐一样，那两本集邮册也是从上小学就开始攒的，整整七年。卖掉邮票的钱，还是不够多，我把那头猪的存钱罐砸碎了，把里面的硬币倒了出来，一起交给了母亲。从不发火的母亲骂了我，然后又安慰我说："那头猪做得多喜兴啊！"我看见，母亲在悄悄地擦着眼角。

到北大荒插队的时候，我喂了两年猪。我认识了什么叫跑阑子猪（种猪），什么叫生猪（被劁的猪），还认识了那个年代里的新品种——巴克夏猪。我住在猪号里，外屋放着烀猪食的大锅，里屋住着我和一个山东盲流来的跑腿子（单身汉）。猪圈就在屋的后面，半夜里睡不着的时候，能够清晰地听到那一群猪八戒的哼哼声，那声音低沉得像好多把走了调的大提琴。

永远忘不掉的，是那一夜"大烟炮"彻底淹没了猪的哼哼声，暴风雪把猪圈的围栏吹断，一圈的猪八戒都撒了欢地跑了出去，惊醒我们两个人，一个人跑去招呼人，一个人冲进风雪找这帮猪八戒。这帮家伙把我害得格外狼狈，它们陷进没腰身的雪窝子里，我要去救它们；我陷进雪窝子里，却只好自己爬上来，浑身的棉衣冻得跟铁一样梆梆硬。

关于猪的记忆，由于日子过去久远，即使有些酸楚，也变得温暖而难忘，时间像水把那些记忆冲洗得干干净净，把那些不愉快的泥垢筛去。

我没有别的收藏爱好，但收藏猪的小玩意儿，无论外出到哪里，国内国外，只要碰上了这样的小玩意儿，总要带回家，木头的、石头的、泥塑的、玻璃的、水晶的、铁皮的……随着日子一起增多，比我当年在北大荒喂猪的猪圈里的还要多了。

我发现，国内和国外做的猪，不大一样，国内的猪，除了民间剪纸，一般比较写实，憨头憨脑，重拟人化，属于现实主义；国外的猪一般夸张、卡通、可爱活泼，童话风格，属于浪漫主义。我曾经在布拉格买了一只水晶猪，粉红色，没有眼睛，四条腿和一对耳朵、一张嘴，都删繁就简为几乎相同的一个圆圆的小点，却那么神似，真的可爱之极。我在美国买了一头瓷猪和一头铁皮猪，藕荷色的铁皮猪身上布满各种颜色的花朵，明黄色的瓷猪的眼睛、嘴巴和屁股上都画着闪着光的红心，真是情趣盎然。我们这里造猪，再怎么造，也不会让心贴在猪屁股上去的。

在美国印第安纳州的布卢明顿小城，有一家猪餐厅，专门卖烤猪肘子。不是用电烤箱，而是专门用炭火，烤出的猪肘子很好吃。每次来布鲁明顿，我都会到那里去。去那里，不仅为吃猪肘子，还为看那里的猪玩偶。餐厅里、餐桌上、柜台前、窗台上、酒柜里、房梁间……只要有一点的空间，见缝插针，都摆着猪玩偶，各种造型，各种色彩，写实的、变形的、夸张的、浪漫的、童话的、神话的、拟人的、拟神的……让我非常爱看，每次去看，都会爱不释手，忍俊不禁。这里简直成了一个猪玩偶的博物馆。我从来没有见过哪一个餐厅展览这样琳琅满目的猪玩偶。

我在博物馆里看到过唐代出土的文物玉猪，和我们现在用机器制造出来的玉猪完全不一样，它的造型和线条都很简洁，只是在一块玉石上用刀轻轻刻了几笔，几乎没有凿下去什么废料，就让一头猪浑然天成，让人不得不佩服，艺术真的是只有变化，没有进化，现在的艺术，有时和古代有着天堑一般的距离。

我在报纸上曾经看到过这样一则报道，说在浙江余姚河姆渡遗址出土了新石器时代的猪的骨骼，还有刻着猪图案的黑陶钵，那可是七千多年前的猪，是最古老的猪了。据说，黑陶钵上刻着的猪，身上带有花纹，头部向前低垂，腹部鼓胀，鬃毛耸立。那样子和今天的野猪有些相像，但身上刻有美丽的花纹，说明七千年前的猪凶猛却还是可爱的。

我一直想买一只这样的猪，如今我们制造的猪，都如人一样被驯化了，既没了七千年前那猪的野性，也没了唐代出土的那猪的灵性。潘家园就在我家旁边，有一天闲逛，真凑巧，碰上了在博物馆里看到过的那种唐代出土的猪，明知道是仿造的，还是买回一只，聊胜于无，多一点怀想吧。

我读过的关于猪的文学书不多，也许，世界上关于猪的书，更多地偏重饲养和烹调，而文学方面则侧重小白兔、白天鹅、大灰狼、狐狸或熊，却忽略了猪。在我读过的有限的书中，难忘的是小时候读过的我国作家包蕾的《猪八戒吃西瓜》，和长大以后读过的美国作家怀特的《夏洛的网》了，还有美国作家大卫·威斯纳的童话《三只小猪》。

《猪八戒吃西瓜》中猪的性格，那样可笑，又是那样可爱，是《西游记》里猪八戒的最有意思的续写。《夏洛的网》里那头叫作韦伯的猪，真的是太让我难忘了，我敢说它是世界上最可爱的猪。过年的时候，韦伯面临被宰杀的时候，是蜘蛛夏洛在自己织的网上面为韦伯织下“好猪”二字，让人们以为是神谕，救了他的性命。自此之后，夏洛总在她织的网上面写字为他鼓吹，致使韦伯在展览会上获奖而成为一头不同寻常的猪。夏洛和韦伯的友谊就这样建立起来，当夏洛老去，死去之后，她产下的三只小蜘蛛被韦伯带回温暖的谷仓里悉心照料，每当韦伯看到这三只小蜘蛛的时候，总会想起自己的朋友夏洛。一头猪的情意，那样清澈，那样温暖，让我们作为人而赧然羞愧。

猪年又到了，今年我正好七十二岁。心里暗暗地对自己说：虽然已经老了，但如果要做猪，就做韦伯一样的猪吧。

# 紫薇花对紫微郎

以前老北京的院子里，种海棠、丁香、榆叶梅、石榴树的多，种夹竹桃的也有，一般没有种紫薇的。就是在皇家园林里，种紫薇的也很少。如今，紫薇被普及，几乎所有的公园和新建的居民小区里，都种上了紫薇。前些年，北京植物园还集中栽种一百多棵紫薇，特别开辟为一座紫薇园。

如今，我之所以对紫薇情有独钟，是因为相对于有些娇贵的树种，紫薇很皮实，容易成活，而且，开的花很鲜艳，紫红色的花朵遍布枝叶之间。在这一点上，和它同期开花的木槿就差很多。论好看，木槿也不差，花瓣比紫薇大，但有些稀疏，藏在枝叶下面，不如紫薇繁茂。老远一看，木槿是叶多花少，紫薇则是紫嘟嘟一片，一片云蒸霞蔚。

关键一点，紫薇花期长，能够开满整整一个夏季，即使到了初秋，也能看到它的花影摇曳。如果在南方，到了寒露，还能见到它的花开。所以，人们又叫紫薇为百日红。夏天结束的时候，几乎所有的花都先后凋落了，唯有紫薇的花还在枝头盛开，谁不愿意把它们种在自己的面前宠爱呢？

不少作家曾经为紫薇写过文章，比如苏州的周瘦鹃。写得最搞笑的，当数“皮上轻轻一搔，全身就会摇动；人们因此又爱叫作怕痒花；其实我们倒不痒，并也不怕；只是告诫人们要规矩一些，为什么对于花木用手乱抓？”写到这份上，真的叫人无语。

不过，紫薇又叫作怕痒花，倒是从这首诗知道的。那时，我正读中学，夏天到来的时候，曾经专门到公园里找过紫薇，带有好奇又神奇的心思，用手在树干上摸了摸，然后抬头看看树，枝头上的紫薇花还真的动了动。

今年夏天，孙子从美国回来，我带他到公园玩，看到紫薇，对他说：这树也叫作怕痒树，你只要用手在树干上摸一摸，枝子上的花就会轻轻摇动。孙子不信，用手轻轻地摸了摸树干，枝头上的花一动不动。再用点劲儿摸，花还是不见动静。急得他使劲地摇动起树干来，紫薇花瓣不仅动了，还落在他身上几瓣。

后来，我查书，发现紫薇树皮容易脱落，露出里面树干的嫩肉来，再用手去摸，枝头上的花才会像过了电一样地动。就像俗话说的那样，隔着衣服，很难摸着麻筋儿，当然，花就不会动了。想想中学时候，我摸摸树干，紫薇花动的情景，想一定是当时有风，被风吹动罢了，我真的以为花动了呢。

为紫薇花著文，写得最漂亮的，得数汪曾祺。他写紫薇花开得茂盛繁密："一个枝子上有很多朵花。一棵树上有数不清的枝子。真是乱。乱红成阵。乱成一团。简直像一群幼儿园的孩子放开了又高又脆的小嗓子一起乱嚷嚷。"抓住一个乱字，一连串干净简洁的短句子，最后一个比喻，通感，用声音形容花的繁茂火爆。起码在我有限的阅读范围里，没有见过对紫薇如此精彩的书写。

为紫薇写诗，写得最有名的，当然要数白居易。他那句"独坐黄昏谁是伴，紫薇花对紫微郎"，传诵了千年之久。不过，对此诗的误读也最多。紫微郎本来指的是白居易自己，他在宫里的紫薇省做中书侍郎，又叫作紫微郎。本是枯坐宫里寂寞难耐，却让我们望文生义，汪曾祺所说的"使人觉得有点罗曼蒂克"。汪先生又幽默地说："不过你要是有一点罗曼蒂克的联想，也可以……紫薇颜色很娇，画面很美，更易使人产生这是一首情诗的感觉。"

对古诗的误读，能和这句"紫薇花对紫薇郎"媲美的，大概是东坡的那句“一树梨花压海棠”了。不过，相隔几百年甚至上千年，对一句古诗的误读，其实是融入了现代人的心理和想象，是一种美丽的误读。

紫薇是一种古老的树木，白居易为紫薇写过诗，杜牧也写过，说明早在唐朝紫薇就大量种植了。在北京，有很多开花的古树，至今依然存活在古寺和皇家园林里，比如玉兰。但没听说过有老紫薇树。

我唯一见过的古老的紫薇树，是前些天到广东中山市的小榄镇，那里新近开辟了一片湿地公园，园里的一片坡地上，种着好多棵老紫薇树。我不知道它们具体的年头有多古老，也不知道它们原本就是生长在这里的，还是从别处移栽过来的。和我见过的紫薇树完全不同，粗大的树干，高耸的梢头，沧桑的枝叶，可以和古松古柏古槐相媲美，以前所见过的紫薇都显得那样纤柔，那样小儿科了。虽然已经接近初冬的季节，树上居然还在开花，不多，但却是夏秋两季最后的紫薇了，不可一世，足可傲人。

那一片坡地被围了起来，和我们北京植物园里的紫薇园一样，这里也叫作紫薇园。不过，此紫薇和彼紫薇，却大不一样，就像白居易心中的“紫薇花对紫微郎”，和我们想象的“紫薇花对紫微郎”大不一样。

# 樱桃沟

小孙子八岁半，暑假里，我陪他第一次去香山的植物园。一进大门，直奔卧佛寺，要去看大佛。半路上，路过樱桃沟的路口，两旁树木树荫掩映，一片浓郁的墨绿色。由于天阴，没有一点阳光，路的深处显得有些迷蒙。没有一个人影，清静得犹如一个谜，不知里面藏着什么秘密。

路口有一块指路牌，上面写着“樱桃沟”，他指着牌子问我：“往这里面走，有什么？是有樱桃树吗？”

我答不上来，因为我没有去过樱桃沟。

本来是要去的。我读高三那一年的暑假。

小孙子的问话，问得我一下有些恍惚。已经过去了五十四年的往事，忽然兜上心头。

那时候，我有一个女朋友，是从小一起长大的发小儿，中学不在一所学校。高中每一年的寒暑假，几乎每一天，她都会来我家找我，一起复习功课，或者天南海北地聊天。高二那年的暑假，她黄鹤一去无消息，让我枯坐我们一起聊天的饭桌前，苦等了她一天又一天。

那时候，没有电话，更没有手机，所有的联系方式，只能靠信件。邮递员每天来两趟，我每天去大门口守候两次。没有她的信件，邮递员笑笑对我摇着头，骑上绿色的自行车绝尘远去。思念和等待一起绵绵长长，让人心焦。那种感情，第一次出现在我的心里，那样陌生，又那样新奇，虫子一样咬噬着心。我遮掩着，又苦恼着，按下葫芦起了瓢，心上长了草。一直熬过了暑假。从来没有觉得暑假是那样漫长。

暑假过完，开学之后没几天，我接到了她寄到学校来的一封信。信中告诉我暑假里她陪她的父亲养病，住在香山疗养院里，那里离樱桃沟很近，她天天陪父亲到樱桃沟去散步。她说樱桃沟很美，树特别多，花也特别多，还有从山上流下来的泉水，顺着樱桃沟一直流淌下去。

信里面还夹着两片已经有些干枯的树叶。我认不出是什么叶子。或许就是樱桃树的叶子吧。

樱桃沟，第一次出现在我们的通信里，也是第一次出现在我的生活里。那时候，我见识浅陋，西郊这些可以游玩的地方，除了颐和园，连香山都没有去过。

小孙子拉着我的手，还在念叨着樱桃沟：“爷爷，咱们今天能去樱桃沟吗？看看里面到底有没有樱桃树！”

我说：“行，咱们先去看卧佛，回来就去樱桃沟，爷爷和你一样，也从来没去过呢！”

而今，樱桃沟就近在眼前。仿佛五十四年前的记忆复活。山川依旧枕寒流，只是人世几回伤往事矣。

高三开学不久接到她的那封信后，我没有给她回信。以前，接到她的每一封信，放学后同学们都离开教室，我都会坐在座位上给她及时回信，然后在回家的路上，路过邮局，买一张四分钱的邮票贴在信封上，当天寄给她的。

其实，我的生气是没来由的。她陪的是她的父亲，难道你比她的父亲还要重要吗？中学时代，有时心真的小如针鼻儿。

开学后的第一个星期天，她出现在我的家里。没有收到我的回信，她知道我有些生气。她对我解释说：我住在那里，附近找不到邮局。然后，她对我说，明年暑假，我们一起去樱桃沟好吗？

这是个好主意，是破解一切烦忧的一剂良药。我立刻破涕为笑。

暑假，我们就要高中毕业了。中学时代，就要告别了。那时候，我们的学习成绩都不错，我的梦想是考北大，她的梦想是考北航。暑假，让我有了一种跃跃欲试的期待。樱桃沟，成为我们青春成长的一个重要节点的象征。

可是，我们分别上山下乡，虽然都是去了北大荒，一个在最西头，一个在最东头，天远地远，断了音讯。樱桃沟，成了一只断线的风筝，不知飘荡在何方。

五十四年过去了，就像王洛宾歌里唱的那样，青春像小鸟一去不飞还。我没有去过樱桃沟。也曾有朋友邀约一起去樱桃沟玩，但是我都没有去。樱桃沟，像一只飞走了的小鸟。对于我，樱桃沟，只属于青春，属于回忆。

那天，从卧佛寺出来，天阴沉得格外厉害，还没有走到樱桃沟路口，已经是雷声隐隐，风雨欲来。我拉着小孙子赶紧往外跑。路过樱桃沟路口的时候，豆粒大的雨点噼里啪啦地打了下来。忽然，小孙子指着路口说："爷爷，你看，还有人往里面跑呢！咱们也去里面看看吧！"我看见了，是一对年轻的男女，正一边跑一边抖开塑料雨衣往身上披，迎风张开的雨衣，像小鸟飞动的翅膀，能听见他们咯咯的笑声，很快就消失在樱桃沟烟雨迷蒙的深处。

我对小孙子说："咱们不去了，大雨马上就下来，快跑！"

如果是五十四年前，我们也会像这一对年轻人一样，迎着再大的雨，往樱桃沟里面跑的。那时候雨中的樱桃沟，应该就像电影《雨中曲》一样，有音乐，还有樱桃树。

# 瓦浪如海

老北京四合院的房顶铺的都是鱼鳞瓦。灰色，一片灰色的瓦，紧挨着一片灰色的瓦，连接着一片浩瀚的灰色，铺铺展展，犹如云雾天里翻涌的海浪一样，一波又一波，直涌到天边。

这种由鱼鳞瓦组成的灰色，和故宫里那一片碧瓦琉璃，形成着色彩鲜明的对比。虽不如碧瓦琉璃那般炫目，那般高高在上，但满城沉沉的灰色，低矮着，沉默着，无语沧桑，力量沉稳，秤砣一般压住了北京城，铁锚一样将整座城市稳定在蓝天白云之下。难怪贝聿铭先生那时来北京，特别愿意到景山顶上看北京城这些灰色的鱼鳞瓦顶，对此情有独钟。

同样作为建筑师，张开济之子张永和先生，对于这些由鱼鳞瓦所呈现的灰色，拥有着和贝聿铭先生同样由衷的情感。这位从小在奶子胡同里长大的建筑师，对这样的鱼鳞瓦太熟悉不过，他说：“我成长于一个拥有低矮地平线的城市中。从空中俯瞰，你只能看到单层砖屋顶上灰色的瓦浪向天际展开，打破这波浪的是院中洋溢着绿色树木以及城中辉煌的金色。”

他说得真好，特别是他说的“灰色的瓦浪向天际展开”，真的是太好了。是的，只有北京房屋上面那些瓦，才能成为一片瓦浪如海。那些绿色的树木和城中辉煌的金色，只有在这样一片灰色的瓦浪中，才会显示出自己的力量。而这样的力量，是在灰色的层层瓦浪的衬托下，才呈现，才拥有的。

在我的童年，即二十世纪五十年代，北京的天际线很低，不用站在景山上面，就是站在我家的房顶上，从脚下到天边，一览无余，基本上是被这些起伏的鱼鳞瓦顶所勾勒。因为那时候成片成片的四合院还在，而且占据了北京城的空间。我想贝聿铭先生看见这样的情景，一定会觉得这才是老北京，是世界上任何一座城市都没有的色彩和力量吧？

想想，真的很有意思，那时候，四合院平房没有如今楼房的阳台或露台，鱼鳞状的灰瓦顶，就是各家的阳台和露台，晒的萝卜干、茄子干或白薯干，都会扔在那上面；五月端午节，艾蒿和蒲剑要插在门上之后，也要扔到房顶，图个吉利；谁家刚生小孩子，老人讲究要用葱打小孩子的屁股，取葱的谐音，说是打打聪明，打完之后，还要把葱扔到房顶，这到底是什么讲究，我就弄不明白了。

对于那时候我们许多孩子而言，鱼鳞瓦的灰色房顶，就是我们的乐园。老北京有句俗话，叫作“三天不打，上房揭瓦”，说的就是那时我们这样的小孩子，淘得要命，动不动就跑到房顶上揭瓦玩，这是那时司空见惯的儿童游戏。

我刚上小学，跟着大哥哥大姐姐们一起从院子的后山墙爬上房顶，弓着腰，猫似的在房顶上四处乱窜，故意踩得瓦噼啪直响，常常会有大妈大婶从屋里跑出来，指着房顶大骂：“哪个小兔崽子呀？把房踩漏了，留神我拿鞋底子抽你！”她们骂我们的时候，我们早都踩着鱼鳞瓦跑远，跳到另一座房顶上了。

鱼鳞瓦，真的很结实，任我们成天踩在上面那么疯跑，就是一点也不坏。单个儿看，每片瓦都不厚，一踩会裂，甚至碎，但一片片的瓦铺在一起，铺成了一面坡的房顶，就那么结实。它们是一片瓦压在一片瓦的上面，中间并没有什么泥粘连，像一只小手和另一只小手握在了一起，可以有那么大的力量，也真是怪事，常让那时的我好奇而百思不解。

漫长的日子过去之后，大院里有的老房漏雨，房顶的鱼鳞瓦换成波浪状的石棉瓦，或油毡和沥青抹的一整块平整的坡顶，说实在的，都赶不上鱼鳞瓦。不仅质量不如，一下大雨接着漏，也不如鱼鳞瓦好看。少了鱼鳞瓦的房顶，就如同人的头顶斑秃一般，即使戴上颜色鲜艳的新式帽子，也不是那么回事了。

十几年前，听说老院要拆，我特意回去看看，路过长巷上头条，看见那里已经拆光了大半条胡同了。一辆外地来的汽车挎斗里，装满了从房顶上卸下来的鱼鳞瓦。那些鱼鳞瓦，一层层，整整齐齐地码在车上，和铺铺展展在屋顶上的景象完全不一样了，尽管也呈鱼鳞状，却像是案板上待宰的一条条鱼，没有了生气，更没有浪瓦如海，翻涌向天际展开的气势了。

我望着这满满一车的鱼鳞瓦，经历了一百多年的雨雪风霜，还是那样的结实，那样的好看。又有谁知道，在那些鱼鳞瓦上，曾经上演过童年那么多的游戏和游戏带给我们的欢乐呢？还曾经有过比我们的游戏和欢乐更多更沧桑的故事呢？

其实，那时在房顶上踩着鱼鳞瓦疯跑的游戏，平日里并没有任何内容，但形式带给我们的快乐大于内容，能惹得邻居大骂却又逮不着我们，便成为我们的一乐。当然，要说它带给我们最大的乐，一是秋天摘枣，二是国庆节看礼花。

那时，我们的院子里有三棵清朝就有的枣树，我们可以轻松地从房顶攀上枣树的树梢，摘到顶端最红的枣吃，也可以站在树梢上，拼命地摇树枝，让那枣纷纷如红雨落下，噼噼啪啪砸在房顶的瓦上，溅落在院子里。比我们小的小不点儿，爬不上树，就在地上头碰头地捡枣，大呼小叫，可真的成了我们孩子的节日。

打枣一般都在中秋节前，这时候，国庆节就要到了。打完了枣，下一个节目就是迎接国庆了。

国庆节的傍晚，扒拉完两口饭，我们会溜出家门，早早地爬上房顶，占领有利地形，等待礼花腾空。那时候，即使平常骂我们最欢的大妈大婶也网开一面，一年一度的国庆礼花成为那一天我们上房的通行证。由于那时没有那么多的高楼，晚霞中的西山一览脚下。我们的院子就在前门东侧一点，前门楼子和天安门广场都看得真真的，仿佛就在眼前，连放礼花的大炮都看得很清楚。看着晚霞一点点消失，等候着夜幕一点点降临，就像等待着一场大戏上演一样。我们坐在鱼鳞瓦上，心里充满期待，也有些焦急，不住地问身边的大哥哥大姐姐：礼花什么时候放呀？

我们心里谁都清楚，让我们期待和焦急的，不仅仅是礼花点燃的那一瞬间，更是礼花放完的那一刻。由于年年国庆都要爬到房顶上看礼花，我们都有了经验，随着礼花腾空会有好多白色的小降落伞，一般国庆那一天都会有东南风，那些小降落伞便都会随风飘过来。燃放礼花的那一瞬间，我们会稳稳坐在那里，看夜空中色彩绚丽的礼花，绽放在我们的头顶。但降落伞飘来的那一刻，我们会立刻大叫着，一下子都跳了起来，伸出早已经准备好的妈妈晾衣服的竹竿，争先恐后去够那些小小的降落伞。

当然，够得着够不着，全凭风的大小和运气了。因为那一刻，附近四合院的鱼鳞瓦顶上站满和我们一样的孩子，在和我们一样伸着竹竿够降落伞。风如果小，就被前面院子的孩子够走了；风要是大，降落伞就会像成心逗我们玩似的从头顶飞走。记得国庆十周年，那时我上小学五年级，属于大孩子了。那一天晚上，不知是天助我也，还是那一年国庆放的礼花多，降落伞飘飘而来，一个接着一个，让我轻而易举就够着一个，还挺大的个儿，成为我拿到学校显摆的战利品。

也就是从那一年以后，我没再上房玩了。也许，是认为自己长大了吧？便也就此和鱼鳞瓦告别。一直到十几年前，重返我们的老院，又看到童年时爬过的房顶，踩过的鱼鳞瓦，才忽然发现和它们这么久没有相见了，也才发现瓦间长着一簇簇的狗尾巴草，稀疏零落，枯黄枯黄的，像是年纪衰老的鱼鳞瓦长出苍老的胡须，心里不禁一动，有些感喟。

其实，这种狗尾巴草，童年时就曾经见过，它们一直都是这样长在瓦缝之间。风吹日晒，瓦缝之间一点点可怜的泥土早就风干，变得很硬，不知道狗尾巴草是怎么扎下根的，一年又一年，总是长在那里，它们的生命力和鱼鳞瓦一样的强而持久。

去年的秋天，我路过草厂胡同一带，那里的几条胡同已经被打理一新，地面重新铺设了青砖，四合院重新改造，有的老房子的房顶被改造成露台。顺着山墙新搭建的梯子爬到房顶，远处被楼房遮挡得看不到了，但附近胡同四合院里房顶的鱼鳞瓦，还能看得很清楚，尽管已经没有了张永和先生说的“灰色的瓦浪向天际展开”的景象，却还是让我感到亲切，仿佛又见到了童年时候的伙伴。真的，这和看惯各式各样的楼顶，哪怕是青岛那样漂亮的红色楼顶的感觉，是不一样的，因为这种灰色的鱼鳞瓦，才能带给我老北京实实在在的感觉，是一种家的感觉。

我还看见了眼前不远处屋顶上鱼鳞瓦之间长出的狗尾巴草，迎着瑟瑟秋风，摇曳着枯黄的颜色，和鱼鳞瓦的灰色，吟唱着二重唱。我忽然想起了逝去的余光中先生写过的一首题为《狗尾草》的小诗：

最后呢谁也不比狗尾草更高
除非名字上升，向星象去看齐
去参加里尔克或者李白
此外
一切都留在草下

在我的眼前，在那一片灰色的鱼鳞瓦前，这首诗的最后一句应该改成这样：

此外
一切都留在瓦浪下

# 草有时比花漂亮

草有时比花漂亮，这话其实并不准确，因为所有的草也都应该是开花的，只不过，它们大多数的花很小，我们几乎看不见，或者基本忽略掉了，甚至鄙夷不屑地认为，它们居然还会开花？

我到现在也不知道，花和草的历史到底谁的更长？《诗经》和《楚辞》里，就已经有很多花草的名字出现了，它们的历史大概一般长吧？不过，读白居易的《赋得古原草送别》一诗，草生在古原之上，没听说什么花也是生在古原的。而且，李时珍有《本草纲目》一书，专门为草作传，草还有着那样多治病救人的药用，便对草平添一分好奇和敬意。

对于我们这一代在北京四合院里长大的孩子，认识最早最多的草，是狗尾巴草。那种草的生命力最顽强，属于给点阳光就灿烂，在大院墙角，只要有一点泥土，就能长得很高，而且是密密地挤在一起，就像我们小时候玩“挤狗屎”的游戏，大家拥挤在一起看谁把谁挤出人堆。夏天，狗尾巴草尖上长出毛茸茸的东西，我不知道是不是它们的花，我们男孩子常常会揪下草尖，将毛茸茸的东西探进女孩子的脖领里，逗得她们大呼小叫。

狗尾巴草，还会爬上房顶，长在鱼鳞瓦之间。那时候，我很奇怪，连接瓦之间的土都已经硬得板结，它们是怎么扎下根的呢？房顶上的狗尾巴草，不能如墙角的草一样长得高，但比墙角的草活得长。到了秋天，一片灰黄，它们依旧摇曳在风前，即使冬天到了，墙角的草早已经没有了踪影，它们还是摇曳在风前，只是少了很多，稀疏零落的，像老爷爷下巴上的山羊胡子。

我对曾经度过童年、少年和整个青春期的大院的回忆，少不了狗尾巴草。大院里，有很多色彩鲜艳芬芳四季的花木，但是，不能少了狗尾巴草，就像我们大院里那位老派的学究的桌前，少不了一盆蒲草。蒲草，是他的清供，自是高雅；狗尾巴草，是我童年的伙伴，是一味医治老年回忆少不了的解药。

离开大院，我到北大荒去了六年。那六年，说是开垦荒原，所谓荒原，是一片荒草甸子。但是，至今我也没有弄清楚，那一片无际无边的萋萋荒草，究竟叫什么名字。它们浅可没膝，高可过头，下面有时会是随时可以拉人沉底的沼泽。狂风大作时，它们呼啸如雷，起伏跌宕，摇晃得仿佛天边的天际线都在跟着它们一起摆动。特别是开春时节，积雪化净，干燥的天气里，草甸子常常会突然冒起荒火，烈焰腾空，一直烧到天边的地平线。那些草，可谓边塞的豪放派，我们大院里的狗尾草，只能属于婉约派了。

在北大荒时，当地老乡常对我说去打羊草，我不知道荒草甸子的草是不是大多属于羊草。羊草是用来喂牲口的，应该是那种叫作苜蓿的草，野生的苜蓿草，在北大荒很多，但一般不会生长在沼泽地里。那些生长在沼泽地里的荒草，很长，很粗，韧性很强，不容易扯断。当地老乡和我们知青的住房，都是用这种草和上泥，拧成拉禾辫，盖起来草房，再在房子的里外抹上一层泥，房顶上苫上一层。别看是草房，冬天却很保暖，荒原上的荒草，居然派上这样大的用场。当年在北大荒的时候，并没有觉得什么，现在，看到公园里修剪得平整如茵茵地毯一样的草坪，再想起它们，贫寒的它们，没有草坪的贵族气息，却更接地气，曾经温暖过我整个的青春。

在北大荒，我见过最多的草，一种是乌拉草，一种是萱草。貂皮、人参、乌拉草，号称北大荒三件宝。传说冬天将乌拉草絮在鞋子里，可以保暖。有一年，我的胶皮底的棉鞋鞋底有些漏，雪水渗进去，很冷，絮上乌拉草，别说，还真管用，帮我抵挡了一冬的严寒。

夏天的时候，成片成片的萱草开着黄色的喇叭花，花瓣硕大，明艳照人，当时，我们都叫它们黄花菜。在它们还没有绽开花瓣的时候，赶紧摘下来，晾干，就是我们吃打卤面时放的黄花菜，成为北大荒的特产。那时候，我是把它们当作花，从来没有认为是草。但它们确实是草。

现在想来，萱草应该属于草里的贵族了。草里面开那么大那么长花朵的，我还真的没有见过。后来，读孟郊诗："萱草生堂阶，游子行天涯。慈亲倚堂门，不见萱草花。"想起年轻时北大荒的萱草，不禁心生感喟，我看见的是成片成片壮观的萱草花，母亲却看不见，但母亲的堂前明明也是有萱草花在开着呀，因为母亲望着那天边久不归家的儿子。对于萱草，我不再认为属于贵族，而属于亲情。

属于贵族的草，如今大概是薰衣草了。不知从何时起薰衣草在我国成了贵族，大片引进种植，普罗旺斯成为它贵族的族谱和背景。媚外的心理总是有适合它们生长的土壤，都说移花接木，其实也可以移草连心。

去年，我去密云一家台湾人投资开辟的山地公园，吸引众多人前往的，是那里有一片薰衣草。拍照的人，一拨紧接一拨，成了流水的兵，薰衣草成了铁打的营盘，被宠爱有加。不仅如此，还被制成薰衣草口味的冰激凌，在那里专卖。

今年，我去广东新会，在巴金写过的“小鸟的天堂”前，有一片跟薰衣草一样紫色的园地，很多人呼叫着薰衣草像呼叫着情人的名字一样，奔向前去拍照。拍完照后，才发现草地前立有一块小木牌，上面写着“鼠尾草”。鼠尾草和薰衣草像是双胞胎姊妹，长得很像，却只能是薰衣草的替身。如果薰衣草是属于草中的贵族，鼠尾草大概属于平民了，因为它们很常见，几乎在所有的公园里都能够见到。

就像在一般人眼里，花要比草高级，草中也确实是有这样贵贱之分的，在我国古代早已有草芥之说。这不过是人群中社会学划分在花草中的折射而已。看苏联作家帕乌斯托夫斯基的《一生的故事》一书，他把苜蓿草说成是草中的灰姑娘。苜蓿草，就是我们北大荒司空见惯的羊草，岁岁枯荣，任人践踏。同样是草，只能喂牲口，不能如萱草一样给人吃，更不能如薰衣草一样为人作拍照的背景，甚至可以制成冰激凌吃。大自然中，如这样卑微的草有很多，多得我根本叫不上它们的名字。

我很惭愧，能够叫得上名字的草，即使不是如薰衣草一样出自洋门或名门，也都大多有些来头或说头。有时候会想，我就像一个势利鬼，不可救药地狗眼看草低。

我最早认出以前没见过却在书中早就听说的草，是酢浆草，是那种长着紫色叶子开着浅紫色小花的酢浆草。我认识了它并记住了它，其实不仅是因为它的五瓣小花漂亮如小小的五角星，三角形的叶子像蝴蝶的翅膀，而是因为它的名字有点洋气，便觉得有点不同寻常。其实，就是虚荣心作怪。我才发现，我们人对花草的认识，来自根深蒂固的心里的潜意识。所有关于草的高低贵贱和大高洋古，都来自我们对社会、对人生、对文学、对艺术浅薄的认知。

还有一种草，我也是早在少年读书时就知道但一直没有见过，是猪笼草。这种草，可以吃虫子，很有意思。一直到十几年前，我去新加坡，参观植物园，才第一次见到猪笼草，有大有小，长着长圆形的口，像嘴巴一样伸着，姜太公钓鱼一般，坐等着虫子上钩。在植物园的小卖部里，有卖猪笼草的，将它密封进一个水晶玻璃中，很是好看，我买了一个带回家，算是圆了一个少年时候的梦，不该算是我嫌贫爱富。

另外有一种草，也不能算是我嫌贫爱富，而是我心里一直残存的一点梦想和想象。它叫作书带草，其实就是麦冬草。

这种草，很常见，并不是多么名贵的草。但是，也是在书中认识的它，而且在书中还知道了关于它的传说，说它和书生读书或抄书相关，后来又读到梁启超集的宋诗联“庭下已生书带草，袖中知有钱塘湖”，便对它充满想象。更重要的，是二十世纪七十年代末和九十年代末，以及2009年，我三次去扬州，拜谒史可法墓，都在祠堂前看到了青青的书带草，爬满阶前和甬道两旁。在我的眼里，它们是史可法的守护神，虽然柔细弱小，却集合如阵，簇拥在祠堂前，也簇拥在史可法墓前。那些书带草，让我难忘，总会让我想起与史可法一样的英雄文天祥的《正气歌》，便觉得这一片青青的书带草，应该叫作正气草。

# 赛什腾的月亮

又到中秋节了，不知道柴达木赛什腾山上的月亮，今年和往年是不是一样的圆?

赛什腾山应该算是昆仑山的余脉，那时候，在青海石油局的冷湖四号老基地，从哪个井队的位置上都可以望到它。望着它，觉得很近，却是望山跑死马，跑到山脚下，至少要花上半天的时间。

那时候，是指1968年。这一年，北京的初三学生甘京生和一批北京的中学生来到冷湖，成为石油工人。那时候，他还不到十八岁。就在那一年的中秋节，井队放假，他和几个同学约好，一上午就从四号老基地出发，往那座已经望了大半年的赛什腾山走去。那座每天都会映入眼帘的赛什腾山，在柴达木明亮得有些刺眼的阳光照射下，有时候会如海市蜃楼一般缥缈，让甘京生对它充满无数的想象。甘京生喜欢幻想，或许这是他从小时候就养成的习惯，他喜欢独自一人望着天空或树林或校园里的篮球架遐想联翩。大概和他喜欢读文学的书籍有关，那些书让他常常禁不住心旌摇荡，天马行空。

否则，他不会和同学约好向那座秃山走去。去之前，师傅就对他说过：那山上什么也没有，从来就没有人爬上去过，你去那儿干啥？他还是执意去了，累了一身的大汗，走了整整一个上午，下午一点多的时候才走到山脚边，吃了点东西继续爬，下午四点多的时候，终于爬到了山顶。山上除了有些芨芨草和星星点点的黄色的野花，真的什么都没有，都是一些裸露的灰色石头，仿佛月球的表面，显得那样的荒寂。

但是，甘京生很兴奋，他管这些小黄花叫作赛什腾花，就像老一辈石油人找到了石油把山下那一片井架林立的地方命名为冷湖一样。青春年少能够燃烧激情和幻想，让平凡琐碎的日子焕发出光彩。中秋节的天气在柴达木盆地已经冷了，天黑得也早了。爬上山没有多久，天色就渐渐暗了下来，秋风一吹，有些萧瑟沁凉如水的感觉，同学们都说赶紧下山吧，天再黑下来，下山的路就不好找了。他却坚持要等到月亮出来，好不容易来一趟赛什腾山，又赶上中秋节，没看到月亮怎么行？同学只好陪他一起看月亮。

那是甘京生第一次在赛什腾山看到月亮。那赛什腾的月亮，令他一生难忘。他能说出赛什腾的月亮和北京的月亮有什么不一样吗？他说不清楚，只觉得天远地阔，四周一片荒凉，月亮却和照在北京城里的一样，那样浑圆明亮地照在这里没有一点生命气息的石头和萋萋野草，还有他刚刚命名的赛什腾花上。他觉得月亮真的非常伟大，对世界万物，无论尊卑贵贱，无论远近大小，都是一视同仁。

这是第二年我在北京见到甘京生时，他对我说起中秋节爬赛什腾山看月亮时讲的话。那一年夏天，他回北京探亲，专程来家看我，从青海回京的途中，他一路下车，不停游玩，在洛阳看过云冈石窟，他还在那里买了几本旧书，带回来送我。他的这一举动，让我刮目相看，好不容易有了规定好天数的探亲假，还不早早回家，谁舍得把时间浪费在路上，还惦记逛书店，买几本当时看来无用甚至被视为有害的书？他的浪漫之情，和当时的气氛是多么不协调。

那是我第一次见到他。他和我弟弟是同学，又同在冷湖为石油工人，他是受弟弟之托来看我的。那一天晚上，他住在我家，我们抵足未眠，秉烛夜谈，聊了很多，他说这番话时，像一个文艺青年。如今，文艺青年像一个贬义词了，其实，真正成为一个文艺青年，并不容易，他除了具有文艺气质，更需要一颗怀抱对生活和对文学一样真正的赤子之心。这不是装出来的，而是一生的追求。

甘京生难得，是他并不只是在十八岁那一年心血来潮爬了一次赛什腾山，看了一次中秋节赛什腾的月亮。从那一年开始，每年中秋节他都会爬一次赛什腾山，看一次赛什腾的月亮。二十世纪八十年代，他调到冷湖石油局中学里当语文老师兼班主任。他开始带着他班上的学生，每年中秋节爬赛什腾山，看赛什腾的月亮。那些生在柴达木、长在柴达木从未出过柴达木的孩子，从来没有特别注意过中秋节的月亮，更没有爬上赛什腾山看月亮的习惯。甘京生当了他们的老师之后，赛什腾的月亮成为他们日记和作文中的内容，成为他们学生时代最美好而难忘的回忆。他让这些孩子看到了虽旷远荒寂却属于柴达木自己独特的美。

甘京生离世已经二十多年了。他是因病去世的，他走得太早。如今，他教过的第一批由他带领爬赛什腾山看月亮的学生，已经四十多岁，他们的孩子到了读中学的年龄。不知道还会有哪一位老师带他们爬赛什腾山看中秋的月亮？

赛什腾的月亮！

卷三

# 擦肩而过，已是百味

这条我曾经熟悉的胡同，和这条胡同里我曾经熟悉的学院，其实都早已经变得我不大认识了。

# 一场戏的工夫

那天晚上，我到戏剧学院的剧场看戏。秋风乍起，夜色中朦胧的路灯都显得有了些凉意。因为路上堵车，时间有些晚了，穿过学院前的那条胡同，我走得很快。戏剧学院是我的母校，二十七年前，我曾经在这里读了四年的书，毕业以后，又在这里教了三年书，这条胡同，我很熟。因此，走在这条路上，颇有点老马识途的感觉，逝去的往日气息，随风扑面而来。

在校门前高高的院墙边，有一盏路灯，昏暗得很，我上学的时候怎样的昏暗，现在还是怎样的昏暗。院墙就在这里结束，路面凹进去一块，形成一个死角，路灯正好弯在里面，我读书的时候，校园里时兴“英语角”什么的，大家就管这里叫作“爱情角”。那时候，常常有同学和外校的同学谈恋爱，在这里告别，悄悄地拉着手，卿卿我我、磨磨唧唧地说着说不完的情话，似乎昏暗的路灯光可以帮助他们遮掩一点羞涩。

有意思的是，那天我路过这里的时候，看见一对年轻的情侣正在那盏路灯下拥抱，忘情得很，我的匆匆脚步并没有打搅他们。我和他们擦肩而过，看得很清楚，他们正在热吻，而他们却旁若无人，根本不需要灯光的遮掩。相反，他们看见我从他们身边走过，还冲我嘻嘻地笑了两声，四瓣嘴唇没有松开，那细微的笑声，像是开水顶着壶盖呜呜在冒泡儿。我走过去之后，忍不住回头看了看他们，男的穿着牛仔裤，包裹着修长的腿，女的穿着一条喇叭裙，蹬着一双高靿靴，亭亭玉立。不知道他们是我的小校友，还是外校的同学，或者是其他地方的年轻人？我在祝福他们的同时，不由得感慨时代确实变化太快了，我们那时候，虽然有这样一个“爱情角”，但还不敢这样大胆，毕竟是离学校大门口不远。

戏看完了，悲欢离合一杯酒，南北东西万里程，两个小时的戏，演绎了好多个人的一生。因为散戏的时候正好碰见了留在学院里教书的老同学，聊了会儿天，耽搁了一会儿，等我走出剧场，胡同里安静得很，散场的那么多人，已经如潮水退去得没有一点影子，仿佛被浓重的夜色都收进去似的。夜风大了一些，也更凉了一些，我不急，慢慢地走在这条曾经熟悉的胡同，情不自禁地想起在学院里读书和教书时的一些往事和故人。这些年，北京城变化很大，许多大学的校园变化也很大，我的母校变化却不大，大概因为它地处市中心，地盘很小，无法扩展，受到了限制吧。这条胡同变化也不大，和我读书的时候几乎一个样子，我们都变老了，而它仿佛还没有长大。也许，变化大的，只有我们自己了，往来千里路常在，聚散十年人不同嘛。

我这样一边胡思乱想，一边顺着原路往回走着，又快走到校门前那个“爱情角”的时候，在那盏昏暗的路灯的辉映下，看见那对情侣还站在那里。不过，这回他们不是拥抱亲吻，而是面对面地对峙着，甚至挥动着拳头，气哼哼地指责着对方，相互在谩骂着，如斗鸡似的，显得格外的愤怒，势不两立的样子。

这样的情景让我感到意外，禁不住停住了脚步。起初，我想大概不是我来时看到的那一对，那一对刚才是多么甜蜜，密如雨点似的吻，还有那亲吻时嘴唇都不离开，情不自禁冲我的笑声，不可能这么快就都变成了谩骂而出的唾沫星子吧。可是，当我走近一看，就是他们，牛仔裤、高鞠靴、喇叭裙，都像是无可推卸的物证一样，证明就是那一对年轻人。我弄不清楚，他们为什么会突然变成了这样，刚才还是明朗朗的艳阳天，怎么一下子就变成了轰隆隆的雷雨天了呢？不过只是一场戏的工夫。

我隐隐听见，好像男的在解释着什么，而女的就是不依不饶，男的急了，女的更急了，争吵变成了谩骂，而且在不断升级，大概已经吵了一会儿了。而且，我也听出了，他们就是这所学院的同学，只是我猜不出他们是哪个系的。不管出于什么样的原因，也不该这样快就突然从亲吻变成谩骂，这样的跌宕，即使是戏也不算是好戏，像是没有过渡一样，愣愣地转折，让人无法接受。哪怕也许过一会儿，他们又可能和好如初，亲吻如蜜。

我再一次和他们擦肩而过，他们和我刚才路过时一样旁若无人，还在忘情地对骂着，声音在寂静的胡同里清脆荡漾着。只是我好像在一场戏的工夫里，那样快地走过两个截然不同的季节。我才忽然意识到，这条我曾经熟悉的胡同，和这条胡同里我曾经熟悉的学院，其实都早已经变得我不大认识了。

离开他们很远了，我回头看看，他们还在那里吵，而且似乎更厉害了，张牙舞爪的样子，在昏暗的路灯灯光下，剪影一样的感觉，像是皮影戏。

# 公交车落下的花瓣

那天等公交车，站台上，我前面站着两个姑娘，看装束模样像打工妹。寒风中，车好久没有来，两人跺着脚，东扯葫芦西扯瓢地聊了起来。聊得挺带劲，时不时忍不住咯咯笑。听她们的言谈话语，才知道已经不是姑娘了，都刚结婚不久，嘴里的“老公，老公”跟蹦豆儿似的，叫的亲得很。

其中一个系着红头巾的女人，对戴着黑白相间毛线帽的女人说起自己和老公的一次吵架，说得兴味盎然。我听得真真儿的。前些天，她和老公吵架，一气之下跑出了家门，一走走了老远，走到天快黑了，想起回家，坐上公交车，才发现自己穿的连衣裙没有一个兜，自然没带一分钱。她对戴毛线帽的女人说：“你知道，我和我老公结婚后租的房子挺偏的，得倒两回车，没钱买票，心想这可怎么办？我就对售票员说我忘了带钱，你让我坐车吧。人家还就真的没跟我要钱。倒下一趟车的时候，我又说我忘了带钱，你让我坐车吧，人家又没跟我要钱。我都到家了，我老公还在外面瞎找我呢，等他回来天都黑了。他进门看我在家里，问我是不是打车回来的，我笑他，没带一分钱，还打车呢？”说着，两个女人都像得了喜帖子似的笑了起来。售票员的善意，让小夫妻之间不愉快的吵架也变得有了滋味。

“毛线帽”对“红头巾”说：“北京公交车售票员小丫头片子的眼睛长得都比眉毛高，没刁难你，让你白坐车，算是让你碰上了！”

“红头巾”对“毛线帽”说：“要不待会儿来车了，你也试试？你就说没带钱，看看是不是和我一样，也能碰上好人？”

“毛线帽”拨浪鼓似的连连摆头：“我可不敢，让人家连卷带损地数落一顿，别找那不自在！”

“红头巾”却一个劲儿地怂恿，边说边推了一把“毛线帽”：“没事，你试验一次嘛！”

“毛线帽”回推了一把“红头巾”：“要试你试！”

“红头巾”撇撇嘴：“胆子这么小，我试就我试，给你看看！”

正说着，公交车已经进站，停在她们的前面，车门吱的一声开了。两人脚跟着脚地上了车。车上的人不算多，有个空座位，两人让给了我，好像故意让我坐下来好好看她们接下来的表演。

“红头巾”走到售票员的前面，“毛线帽”拽着吊环扶手没动窝，眼瞅着她怎么张开口。售票员是位四十多岁的大嫂，眼睛一直盯着向自己走过来的“红头巾”，以为是来买票的，没有想到“红头巾”说：“阿姨，我忘了带钱了，您看看能不能让我坐车呀？”售票员面无表情，抬起手，一根细长的食指毫不客气地指指后面的“毛线帽”说：“你没带钱，她也没带钱怎么着？”

得，今天遇到的售票员不是个善茬儿，试验刚开始，就卡壳了。幸亏“红头巾”反应得快，回过头也指了指“毛线帽”说：“我们不是一起的。”“毛线帽”只好配合着赶紧点头又摆手。谁知售票员久经沧海，眼睛里不揉沙子，对她们两人说：“行啦，进站时我早看见了，你们俩推推搡搡、连打带闹的，还说不是一起的！”

像一只气球，还没飞起来，就被一针无情地扎破，满怀信心想试验一把，让夏天那个美好的回忆重现，没想到演砸了。“红头巾”一下子尴尬起来，瘪茄子似的耷拉着头，不知如何是好。售票员步步紧逼，嘴里不停地说：“快着吧，麻利地赶紧掏钱买票，一块钱一张票都舍不得花？”说得满车厢人的目光都落在“红头巾”的身上，“毛线帽”赶紧走上前去，掏钱替“红头巾”买了票。“红头巾”才像沉底的鱼又浮上水面缓过了神儿，对售票员解释：“阿姨，不是我不想买票，我是想试验一下，看看……”售票员撕下票塞在她的手里，打断她：“行啦，试验什么呀？像你这样逃票的，我见得多了！”

我心里在想，售票员应该把“红头巾”的话听完，就明白了“红头巾”坚持试验的一点小小的愿望，兴许就是另一种结局。但也说不好，即使知道了“红头巾”试验的愿望，没准照样是这种结局。如今很多事情，结尾常南辕而北辙，美好芬芳的愿望如旷世的童话，早已经被现实磨烂得成了一双臭袜子被随手丢弃。

车开了两站，我到了，车门打开，刚下车，发现那两个女人也下了车，落荒而逃似的从我身旁跑走，只是一边跑一边咯咯地笑。过了很多天，脑子里还总是出现这个场面。有一天，忽然莫名其妙地想起了美国诗人庞德曾经写过一首叫《在一个地铁车站》的诗，很短，只有两句：“人群中这些面孔像幽灵一般显现，湿漉漉的黑色枝条上的许多花瓣。”事后庞德解释这首诗时说，他是在巴黎一个地铁车站，走出车厢的时候，看见了一个美丽的儿童的面孔，一个美丽的女人的面孔。我很难想象，如果庞德看到这两个落荒而逃的女人的面孔，会觉得还像美丽的花瓣吗？

# 雪被城市带坏了

如今，地球普遍变暖变旱，冬天里的雪已经越来越稀罕。特别是在城里，难得飘落下来一场雪，如同难得见到一位真正清纯可人的美人一样了。

城市的雪，从入冬以来就一直在期盼中。在我居住的北京，仿佛要和春天里的沙尘暴有意做着强烈的对比，沙尘暴不请自到，而且次数频繁地光临，并不受城市的欢迎，但是，受欢迎的雪却在冬天里总是姗姗来迟，像是一位难产的高龄孕妇。

以往的日子里，最耐不住性子的是渴望下雪天能够堆雪人打雪仗的孩子；如今，最焦灼不堪的是城边的滑雪场，总也等不来雪，只好先急不可耐地鼓动起人工造雪机，将人造的雪花纷纷扬扬地吹了出来，那只不过是冬天的赝品。

隆冬时分，城市的雪，终于在期盼中飘洒下来，但是，这种随着雪花纷纷飘来的喜悦很快就会消失，不用多久，雪便不再受欢迎，仿佛约会前的憧憬在见面的瞬间便顷刻扫兴地坍塌。雪落在树木上，再不会有玉树琼枝；雪落在房檐上，再不会有晶莹的曲线；雪落在院子里，再不会有绒绒的地毯和小狗跑在上面踩出的花瓣一样的脚印；雪落在马路上，很快被洒满盐的融雪剂覆盖，立刻化成了黑乎乎一摊摊泥泞的雪水。据说，这样化后的雪水渗进街边的树根，会让树都枯萎死掉。城市的雪，成为路面花草的敌人。

那种纷纷扬扬、飘飘洒洒，小精灵一样，跳着轻巧细碎的足尖芭蕾的晶莹雪花；那种覆盖在地上，毛茸茸的，嫩草一样，像是从地上长出来的神奇的童话的晶莹雪花，已经是再难见到了。

也很难见到雪人，即使偶尔见到了雪人，也是脏兮兮的。城市污染的空气、汽车的尾气、制热空调机喷出的废气，一起尽情地把雪人的脸和全身涂抹得尘垢遍体，如同衣衫褴褛的弃儿，再没有原先那种洁白可爱。去年冬天，北京下了一场雪，我在街头见到一个雪人，上午刚刚见到时，它还高高大大，插着胡萝卜的鼻子和橘子的眼睛，格外鲜艳夺目，没到中午，它已经脏成一团，附近餐馆倒出的污水无情地将它浇头灌顶，把它当成了污水桶。那天，我特意到天坛公园转了一圈，偌大的公园里，只看到一个雪人，小得如同一个布娃娃。公园并不能够为它遮挡污染，它一样脏兮兮的，只有头顶上盖着一个肯德基盛炸鸡块的小盒子，权且当一顶帽子，闪烁着油渍渍的色彩，像是故意给雪做的一个黑色幽默。

城市的雪，再不是大自然送来的冬天的礼物，而成为并不受欢迎的客人，成为城市污浊的乞儿，成为pH试纸一样测试城市污染的显形器。

其实，雪是无辜的，雪到了城市，没有得到娇惯和恩宠，相反被城市带坏了。雪的本色应该是洁白晶莹可爱的，却这样一次次地受到了伤害。

我想起俄罗斯作家普里什文曾经写过的《星星般的初雪》，他说："雪花仿佛是从星星上飘下来的，它们落在地上，也像星星一般烁亮。"他又说："今天来到莫斯科，一眼发现马路上也有星星一般的初雪，而且那样轻，麻雀落在上面，一会儿又飞起的时候，它的翅膀上便飘下一大堆星星来。"

只是，如今的城市，无论莫斯科还是北京，再不会有这样星星般的雪花了，再也不会有雪中飞起的麻雀翅膀上飘下一大堆星星的景象了。我想起前几年的初春到莫斯科，前一天下的雪刚化，无论红场还是普希金广场，无论加里宁大街还是阿尔巴特小街，都是一样的泥泞一片，黑乎乎的雪水，几乎是雪花在城市卸妆之后唯一的模样，处处雷同，走路都要提起裤腿，小心别踩到上面。

三十多年前，在北大荒插队的时候，我倒是见过一种叫雪雀的鸟，特别爱在冬天下雪的日子里出来，叽叽喳喳地飞起飞落，格外活跃。它们和麻雀一样大小，浑身上下的羽毛和雪花一样白，大概是长年洁白的雪帮助它的一种变异，环境的力量有时强大得超乎想象。心里暗想，今天这种雪雀要是飞进城市，也得随雪花一起再变异回去，羽毛重新变成褐色，甚至乌鸦一样的黑色。

雪花的洁白，不在冬天里，只能在梦里、童话里，和普里什文文字带给我们的想象里。

# 孤单的雪人

北京今年一冬天没有雪，开春了，却一连下了三场雪，纷纷扬扬的，还挺大，仿佛憋足了气，赶来赴什么约会，有什么最后的晚餐似的，过了这村就没这个店的感觉。

下最大的那场春雪的上午，我刚出楼门口，看见楼前的空地上有一个四五岁的小男孩，拿着一个玩具小铁锹在铲雪堆雪人，他的身旁是两位老人，爷爷奶奶，或者姥姥姥爷，帮助他一起堆。不过，那雪人堆得很小，两老一小，总也堆不起来太多的雪。我对他们喊了句：“滚雪球呀！那样多快！”可老太太对我说：“不知今年的雪怎么了，不怎么成个儿，雪球滚不起来！”也是，今年的雪松散得很，有人说是春雪的缘故，也有人说是人工降雪的缘故。

正说着话，孩子的父母从楼里出来了，爸爸脖子上挎着一台单反相机，一看就是尼康D700，妈妈手里拿着一根胡萝卜和一张画报纸叠的帽子，是准备给雪人的装束。然后，就看见妈妈边给雪人插鼻子戴帽子，边喊着：“快来，宝贝儿，照张相！”就看见几个大人开始摆弄孩子，孩子站在、蹲在雪人的身前身后，伸着小手，歪着脑袋，笑着摆着各种姿势，和显得有些瘦弱的营养不良的雪人合影。不用说，在妈妈爸爸的带领下，孩子常照相，已经是老手，习惯的姿势，轻车熟路。

我心想，堆雪人真的是经典的儿童游戏，时代再怎么变，游戏的内容和方式再怎么变，堆雪人如同经年不化的琥珀，是大自然送给孩子们一款最老也是最好的礼物了。不过，想想我小时候，堆雪人之前，总要滚一个好大的雪球，孩子们用手指冻成胡萝卜一样的小手滚雪球，呼叫着，边滚雪球，边攥起雪球瞅不冷子打别的孩子或塞进脖领子里找乐，闹成一团，把雪球越滚越大的时候，最为快乐。如今却是难以把雪球再滚起来了，孩子的乐趣也少了好多。就好像做鱼少腌制的那一道程序，鱼还是那条鱼，做出来却不怎么入味。

回头看时，看到那孩子噼里啪啦一通照，已经照完了，一家四口大人正领着孩子往回家走呢。心里想，雪人还是雪人，堆的过程简化了，堆完后玩的过程也简化了，最后就成了照相，雪人只是一个陪衬。

走不远，看到一个小姑娘，大约也就三岁的样子，她的身旁一个小小的雪人已经堆好了。同样，一对父母正在给她拍照，几乎和那个小男孩一样，她也摆着各种熟练的姿势，大多相同，是那种歪着脑袋小手伸出两根手指，做出V字形的样子。数码相机的普及，可怜的雪人的功能，就剩下了一种——孩子照相时候的一个道具或背景，就像儿童照相馆里那些一样。留念，比玩本身重要了。

我想，这个女孩，和那个男孩，各堆各的雪人，各照各的相，两条平行线一样，很难交叉。也许都是独生子女的缘故吧，又各住各的楼，即使住同一栋楼，各家防盗大铁门一关，老死不相往来，雪人跟着他们一起孤单起来。想起我小时候，大院的孩子从各家的玻璃窗户里就看见有人在堆雪人了，呼叫着跑出屋，香仨臭俩的，天天上房揭瓦疯玩在一起，拉都拉不开，不凑在一起都不行。忽然明白了，这也是那时候的雪人大的一个原因吧。

中午回来时，雪已经停了，毕竟是春天，再大的雪化得也快。走进小区，看见那两个孤单的小雪人，已经如巧克力一样黑乎乎地坍塌一地。我想起曾经看过的一部叫作《雪孩子》的动画片，那里的雪人充满想象，变化无穷，活的或者说陪伴孩子们的时间那样长久，发生过那样多美好的故事。当然，那是个童话。如今的雪人，还属于孩子，却难有属于孩子的童话了。

# 自行车咏叹调

自行车是外国人的发明，却绝对是中国人的专用。普及率，除了筷子，大概就得数自行车了。走在中国的任何地方，无论是再大的城市，还是再偏僻的乡村，哪怕只是一条羊肠小道，都可以看得见自行车。如果赶上北京或上海这样大城市的上下班的高峰期，大街上自行车车轮滚滚所汇成的汹涌洪流，赛得过钱塘江涨涌起的一浪高过一浪的潮水，是极富有中国特色的一大壮观，在世界其他地方难得见到。

即使车轮不滚动，那么多的自行车安静地放在一旁，黑压压一片，也会是一种壮观。那些由圆和线组成的图案，像画家蒙德里安用几何图形所画成的画面，在不动声色中吐露着威严，显示着富有中国特色的美学。

小孩子稍稍大了一点，要学的第一件事情就是学骑自行车。对于孩子，自行车不是玩具，孩子的小腿还够不着脚镫子，大人就开始让孩子学骑自行车了。大人在车前扶着车把，在后面扶着车座，一边使劲地呼喊着孩子眼睛往前看，一边使劲地跟着车跑，再怎样辛苦，也要帮助孩子从小学会自行车，这几乎是所有孩子逃脱不了的人生第一课。道理很简单，自行车将要开始伴随他们终身，从他们上学到工作，甚至到终老。有的老人就是死在用自行车推往医院的路上，有的老人就是从自行车上跌下来，在闭上了眼睛的那一瞬间，看见自行车的车轮子还在身边不停地转。

有一段时间，自行车、手表和收音机，是人们向往的三大件，自行车点名要“飞鸽”“永久”“凤凰”牌的，就像现在人们买汽车要本田、别克或奥迪的劲头一样。结婚的时候，自行车往往是娘家的陪嫁，扎上了大红绸，气派地摆在醒目的地方。自行车便和现在的汽车一样，成为全家最珍贵的物件，和家庭琐碎的日子关系最为密切，充满辛酸，也充满温馨。成了家之后，自行车往往会在前面加一个车筐，下班后到菜市场买菜买鱼买肉，都要靠它驮回家。有了孩子之后，自行车往往要在后面加一个小座，或在大梁上安放一个下靠背椅，为的是把孩子从幼儿园里接回家；即使孩子上了学，自行车依然是大家接送孩子最便捷的交通工具。丈夫骑着自行车，前面带着孩子，后面驮着老婆，永远是清晨出门或黄昏归家最动人的画面，自行车就如同一只大鸟，用有力的翅膀载着一家人早出晚归，品味着人生百味，游走在生活的角角落落。

那时候，不止一处房子越盖越挤的院子里，两墙之间的夹缝窄得犹如韭菜叶，只能容一个人推一辆自行车勉强过去。我常常看到下班的人推着自行车艰难挤过夹缝的情景，车后座上往往驮着孩子，车把前的车筐里放着下班路上顺手买来的一束湛清汪绿的青菜。这样的一幅幅归家图，融化在各家小蜂窝煤炉渐渐冒出的袅袅炊烟里，那一抹绿色，像是奔波一天的自行车身上冒出的缕缕汗气，更是从自行车身上摇曳出来的精神气，有了它，再疲惫的一家人和自行车，都显得有了生气。

都说人与人之间相濡以沫，其实，自行车和人之间也是相濡以沫的，彼此慰藉，相互走过了人生。真的，还有什么别的物件赶得上自行车对普通人日复一日、持之以恒的扶助吗？人们对自行车的感情，就像古代壮士对于自己心爱的坐骑一样。不兴养宠物的时候，自行车就是大家的宠物，要给它拾掇得干干净净、利利索索，它才能够追风马一样，为你风入四蹄轻，轻快地在四九城驰骋。我们大院里，有一位年轻的单身工程师，下班后首先要干的两件事，一是脱掉上衣为自己洗身，一是把自行车翻个个儿，为车洗身。他把一身健壮的肌肉洗得油光水滑，把一辆自行车擦得锃光瓦亮，然后，他和自行车相看两不厌，像一对马上要登台演出的角儿，有精彩的对手戏等着呢。那时候，他家的窗帘永远不会拉上，他好像就是有意要让全院人看看他的肌肉和他的爱车，他觉得自己这一身腱子肉和永远崭新的自行车是绝配，就像英雄配美人，宝马配雕鞍，葡萄美酒配夜光杯。

如今，私家车越来越多，在马路上，自行车被挤得只能黄花鱼溜边儿，还得不停地听汽车的喇叭声和司机的训斥，属于自行车的地盘越来越小，自行车的地位也跌落千丈，再难找回我们大院里年轻工程师的感觉。但是，自行车依然顽强地存在着，和私家车做着虽力不胜负却颇有些悲壮的抗衡，就像遥远时代里的民谣，依然有着打动人心的力量。更何况，更多的普通人依靠自行车，低碳生活更需要自行车，自行车就像传统节日里的鞭炮，缺少了它的声音，还叫火爆的日子吗？

如今，常会在黄昏的街头看见半大小伙子像是中学生在玩车，他们以马路牙子为障碍，让自行车的前轱辘翘起，旱地拔葱似的拔到马路牙子上面，再拔出萝卜带出泥似的把后车轱辘连带拔上来，往返循环，乐此不疲。自行车白天用来上学，笔管条直，像是他们自己见到老师一副乖仔的模样；

到了黄昏就变了脸，一下子活跃起来，成了他们锻炼身体的工具、消遣时光的玩具，也成了他们发挥想象、创造想象的平台。一身几用，恨不得把压抑了一白天的心气都释放出来。他们是不到天黑不会收车回家的，当然，他们在这里会赢得围观者尤其是女孩子的阵阵喝彩，他们臭汗淋淋回家后，是少不了挨一顿家长的臭骂的。

在城里，除了丢车，最怕的是骑车回到家找不到放车的地方。楼外面如今被越来越多的私家汽车气宇轩昂、神气十足地占领着，楼道里已经被捷足先登的自行车挤得横七竖八，走道连个下脚的地方都没有了。实在不行，只好把车顺在楼梯上，四仰八叉地和楼梯把手绑在一起。也有把车吊在房顶上的，像是吊腊肉似的，吊得人眼晕。

如果你仅仅把自行车当作交通工具，可就错了。在中国，自行车的用途大了去啦。无论是在城里还是在乡下，自行车首先又是家庭最常用的运输工具。在城里，小到买个米买个面，大到买个椅子买个电视机，一直到换个煤气罐，什么地方都用得着自行车的。自行车就像个任劳任怨的仆人，无论什么活儿都得伸出自己的肩膀头来。

在乡下，用自行车的地方比老牛的地方还要多。运菜运粮运筐运一切要到城里去卖的东西，都用得着自行车，自行车比骡马要好使唤，而且要不惜力气得多。好不容易进一次城，车前车后要装得满满的。光装那些东西，就是艺术，就跟编鸟笼或盖房子一样，不用一钉一锤，却装得密密实实、结结实实，得要一双巧手妙心。我见过这样一幅摄影作品：自行车运草帽，从前看草帽成了鸟一样呼扇着羽翼，从后看草帽成了一座会移动的小山，骑车人只露出头顶的草帽，和山一样的草帽连成一体，童话似的长出脚来在动在跑在飞。

在城里，骑车带人和打的的人差不多一样多。这是因为骑车带人上下方便，到哪儿去也方便，自行车就是自家的“的”。而且，也比打的省钱，更重要的一点，是情人坐在身后，搂着情人的后腰，奔驰在大街小巷，有打的无法体会的味道，彼此的心跳都听得清清楚楚，身上的香水味和汗味混合在一起呛鼻子却无比好闻，自行车让他们成了连体人，在大街的众目睽睽之下敞亮地展示着他们爱情的雕塑。

有一次，我见到一对年轻人骑着一辆自行车，是个刮风天，又是顶风，男的在前面骑，弓身若虾，女的身穿旗袍，足蹬凉鞋，十个脚趾涂抹得鲜艳地亮在外面，香艳四溢。女的偏偏跷着二郎腿，双手扶也不扶那男的，自行车画着曲线，穿梭在车水马龙之间，游龙戏凤一般，潇洒的劲头十足，惹得众人侧目相看，好不得意。一看就知道若不是多日的配合，哪能如此艺高人胆大，默契得你呼我应，融为一体。

大多数的大人骑车还是为了带孩子，为了接送孩子到学校和幼儿园。所以，在中国的任何一座城市里，都可以看到许多骑车带孩子的大人，风雨无阻。不过，骑车带孩子带的法子不尽相同。在南方，大人是把孩子绑在自己的后背上，孩子竖立在身后，成了大人的守护神；在北方，则是让孩子坐在前面的横梁上，大人用胸膛保护着孩子。竖着或横着的孩子，常常歪着小脑袋睡着了，而大人却全然不知，依然骑着车奋然前行，便常常有过路的行人冲着大人高喊："留神呀，孩子可睡着了！"

记得三十二年前，我刚刚考入中央戏剧学院上学，一天出门骑车带着一个同学，刚拐出胡同，便和迎面而来的一个警察叔叔窄路相逢。因为那时候北京不许骑车带人，警察叔叔把我们拦了下来，要罚款，严厉地问我们："你们是哪儿的呀？"我赶紧回答："我们是戏剧学院的学生。"这位警察叔叔把戏剧学院听成戏曲学院了，就问："哦，学哪派的呀？"我一听，满拧，忙说："我们，没派……"他又听差了，脸色却明显地好了起来，说道："梅派呀？梅派，梅兰芳，好……"没罚款，放了我们一马，敢情这位警察叔叔是个戏迷。

对于自行车，我从心里充满感情。很难设想有一天没有了自行车的北京城会是什么样子，会不会和没有了四合院全部都是高楼大厦一样，让人无法想象，无法辨别，无法找到回自己家的路？自行车不仅是北京而且是全国的一种最带有中国特色的生活乃至文化的符号，它几乎和我们每个人的生命休戚相关，和我们国家的发展密切相连。非常遗憾的是，这样一种从抽象上说是非常醒目的符号，从具象上说是个性十足的物件，却没有见到有什么艺术专门去为它描摹、为它张目、为它张扬。除了看过一部电影《十七岁的单车》，我没有听到过一首歌曲是专门唱它的，没有看到过一幅画是专门画它的，也没有一部小说像意大利作家皮兰德娄那样情感真挚地用他故乡的“西西里柠檬”为他的小说命名。我们对它有些熟视无睹。越是熟悉的，越是亲近的，越是须臾不可或缺的，越是我们相濡以沫的，越是陪伴我们走过艰辛岁月的，我们往往越容易视而不见，熟视无睹。

记得路德维希在他的《尼罗河传》里说：“朝代来了，使用了它，又过去了，但是，它，尼罗河——那土地之父却留了下来。”自行车，也曾经在朝代的更迭中，在时代的变迁中被我们使用，它是我们的生活之子，也应该留下来，留下来作为我们青春与岁月、成长与发展的见证。我们也应该为它作传。

# 明信片

有时想，为什么我国的明信片会比国外的品种要少，而且设计得单薄？我们愿意毕其功于一役，在春节期间发行大量的有奖贺岁明信片，但画面变化很少，几乎都是千篇一律。或许是在平日里，人们已经很少用明信片作为传递信息和心情的一种信件了。在我的印象中，好像只有孙犁先生愿意用明信片替代书简，言简意赅，朴素清淡，宁静而致远。但是，后期孙犁先生基本也不用明信片了。我现在非常后悔，当初先生在世的时候，为什么没有在通信中请教他为什么不再用明信片了。

明信片在我们这里的沦落，我不知道说明了什么，我的心里却是很有些失落。或许在一个崇尚奢华的时代，素朴典雅的明信片，就像素朴童贞的姑娘，必定会随着这个时代而长大而沦落风尘吧，便也一样无可奈何花落去而难得追寻了。

对于我，明信片却显得很重要，我对它一直情有独钟。如果有朋友出国问我需要帮我带点什么东西，我会说帮我寄一张当地的明信片吧。今年春节前夕，我的一个朋友去芬兰的赫尔辛基执教三个月，临行前，我也是这样对他说："帮我到赫尔辛基的西贝柳斯公园买一张印有西贝柳斯雕塑头像的明信片吧。"如果是我出国到一个陌生的地方，我总要买一张当地的明信片寄回家。虽然现在电话和"伊妹儿"方便得很，我却总固执地觉得只有明信片可以长期保留着当时的信息和气息。和信件相比，明信片上面多出的画面，时过境迁之后看到它，一下子就能够想起当年的情景，一目了然而活色生香起来。特别是国外的明信片印制得都非常漂亮，无论是当地的风光风情，还是当地的名胜名人，构图都比较别致，可以当成美术作品来欣赏。当然，更重要的是流年暗换之后，明信片能够唤回我许多回忆，清新如昨而不被尘埋网封。将那些明信片摆出长长的一串，雪泥鸿爪，像是回头看自己曾经走过的足迹。

在国外买明信片，一般比较容易，旅游点都会有卖的，琳琅满目，可劲儿地随你挑。寄明信片，有时就难点儿，因为人生地不熟，有时时间又紧迫，找邮局就显得捉襟见肘。于是，在匆忙之中找邮局，就成了我旅行中有意思的经历。

那年到土耳其和波兰去了一趟。在伊斯坦布尔住郊外，根本找不到邮局，到城里，不是去参观、去购物就是去吃饭，完了事立刻上车走人，不容我有片刻时间去找邮局。那一天，到Carusel购物，那是伊斯坦布尔的一家很大的商厦，位于闹市，门前的街道不宽，但商店林立，人流如鲫。我想附近总该有邮局吧，匆匆在Carusel逛了一圈，便走了出来，在四周的大街小巷找了半天，也没有找到邮局，问了好几个人，也都是一问摇头三不知。这时候，同行的大多数人已经逛完了商厦出来坐在车上，车子很快就要开了。我不甘心，临上车前又问了一位在街边好像在等人的老头儿，听完我的问话，他也是摇头，我正要失望，他却紧接着用英语对我说："请等等。"说罢，拔腿穿过车水马龙的街道。隔着一条街，我看见他一连问了好几个过往的行人，听不见他说话，只看见他的嘴和胡子以及手一起在动，中间不断有汽车遮挡住我的视线，那情景就好像在看电影里的默片。我看见他似乎终于问到了，腿迈下马路牙子要往我这边走，我赶紧向他招手，跑了过去。果然，他问清了，邮局离这里并不远，只是藏在一条很窄的小巷里。他怕我找不到，一直送我到了那条小巷的巷口。

在华沙，从肖邦故居回来，直奔到文化宫看演出，演出要在晚上开始，时间很充裕。正好刚在肖邦故居买了几张明信片，便放心去找邮局。文化宫在元帅大街上，那里是华沙的市中心，想找一家邮局该不是难事吧，谁想一直找到了夜幕垂落、华灯初放也没有找到邮局，心想莫非华沙人都不寄信？天黑路又不熟，那时已经不知自己在哪里，方向都弄不大清了，不敢恋战，正想打道回府，看见一个学生模样的人腋下夹着书走过来，想着就再问最后一个人。他扬起年轻的脸听完我的问话，让我跟着他走，便跟着他穿街走巷一路迤逦而去。迷离的夜色和闪烁的灯光洒落在他的肩头，在我们的交谈中，我知道这位华沙大学历史系三年级的学生对中国的了解还真不少，不仅知道我们的孔子，还知道我们去年举办的肖邦音乐会。有了有趣的交谈，路显得短了，面前出现绿色的邮筒，他指指说到了，然后带我走进门，替我从一个机器前取下一张纸片，上面印着号码，他告诉我先在这里等候，等到柜台前的电子荧屏上出现我的号码再去寄我的明信片。

最有意思的是前年春天去法国，在南部阿维尼翁，因为那里是中世纪的古城，又是世界有名的戏剧之城，所以街巷中商亭前的明信片格外五彩缤纷。乱花迷眼之后，挑了一张明信片，想问人邮局在哪儿，迎面来了一位英俊的小伙，匆忙之中将post office说成了police office，小伙子一愣，脸上现出惊愕的表情，我才知道自己说错了，他以为我要找警察局呢。我赶紧扬扬手中的明信片，告诉他是找邮局寄明信片。他带我走进一条商业街，走进一个不大的杂货铺，向店主人说了几句我听不懂的法语，店主人拿出一张邮票，我付完钱，在明信片上贴好邮票。小伙子和我一起走出店铺，指着旁边的一个邮筒，笑笑对我说了句那里就是police office，然后和我告别。

我不知道如果有外国人来到中国也想找邮局寄明信片，在时间就是金钱的今天，我们能不能有耐心和诚心为他带路去找附近的一家邮局。但我会的，因为我曾经受惠于人，可以说，在国外的任何一个地方，只要我寻找邮局，都曾经有一个陌生人帮我带过路。

明信片带给我的回忆和回味，远远超过明信片本身。

知道我有积攒明信片的习惯，我的一个学生，大学毕业后到国外留学，然后定居，十多年了，到过许多国家，每到一个新的地方，不管多么匆忙，即使后来她已经是三个孩子的母亲，拖儿带女的，都不忘我给我寄一张当地的明信片。什么事情能够坚持十多年都不简单，水滴石穿，就这样滋润着漫长的岁月和枯燥的日子。每次收到她的明信片，我都很感动。细心的她更不忘找当地几枚纪念邮票贴在明信片上，让明信片更加漂亮。那一年是凡·高逝世一百周年，她正好在荷兰一个叫作Delft的小城，特意买来一套荷兰新发行的纪念凡·高的邮票，全部贴在一张明信片上。我可以猜想得到她在一个陌生的小城找邮局，一定和我曾经有过的经历一样，虽然有意思，但也不那么容易。

儿子到国外留学之后，自然也不会忘记给我寄来明信片，在短短的一年时间里，寄来了六张。他到达学校的时候，是半夜，第二天起床办的第一件事，就是寄一张明信片，画面是一头肥壮的牛。一个月后，他又寄来第二张明信片，上面印着草原上的猪。我和他的妈妈一个属猪一个属牛，他在明信片上写着：亲爱的爸爸妈妈，这几天我们这里的气温突然下降了，中午还好，早晨和晚上已经很冷了，很多人都感冒了。我倒还好，只是有点嗓子疼，再有就是很想你们。

感恩节放假时，他和美国同学驱车近一千公里，到同学家过节吃火鸡，感受美国人的生活。那是一个最早由斯堪的纳维亚移民建设的小城，他没有忘记在那里买一张当地的明信片寄来。那是一张别致的明信片，是用当地的木片做成的，上面印有斯堪的纳维亚历史博物馆的黑白图案。匆匆之中，他在旁边写着几个字：爸爸妈妈，我在诺迈特，北达科他州，感恩节。很想你们。

那年的暑假，他去了密尔沃基，那是一个靠着密歇根湖的漂亮的城市，他从那里一下子寄来了两张明信片，一张是密尔沃基艺术博物馆现代派的建筑，一张是米罗的画，他在后一张明信片上面写着简单的两行话：这是米罗的画，挂在密歇根湖的边上，想起过去我们在北京看的米罗画展。等你们来了，再一起去这里看吧。

最有意思的是，我给自己寄了一张明信片。是前年在纽约，孩子陪我和爱人一起去联合国总部参观，那一天正好赶上是“9·11”事件，我买了一张印有联合国大厦前各国国旗飘扬的全景明信片，贴上张纪念联合国成立六十五周年的纪念邮票，在明信片上写了这样一句：今天正逢“9·11”，参观联合国大厦，祈祷世界和平。然后让全家人各自签上自己的名字。因为全家都出来了，家中无人，只好在明信片上写我自己的名字收。那是给自己的纪念，也是给自己的祈愿。

明信片就这样在不知不觉中成为我和孩子乃至全家人生活的一部分。在分离的时候，它不仅是到此一游的纪念，更是传递我们彼此思念和牵挂感情的方式。在一起的时候，它是我们共同留给岁月的纪念，刻在日子里的脚印，就像放翁的诗：“细书灯下幸能读，旧友梦中时与游。”特别是寄明信片时，都是在行色匆匆之中，明信片上空白的位置有限，有限的字落在方寸之间，地远天长之外，纸短情长，要的是功夫。

曾经读过法国诗人安德烈·沃兹涅先斯基写过的一首诗，名字就叫《明信片》，诗很短，一共八行：

从巴黎给你捎点什么？
除了衣裳，及其他杂物，
一张我们发黄的海报，
还有思念你的一丝凄楚。
这些礼品价值不高。
我看中了白色的凯旋门，
脑子里试量着你的身材，
它像袒露背的连衣裙。

这是我看到的有关明信片最好的一首诗了，明信片带给诗人的想象，其实也是我们到达一个新地方特别是陌生国度时，常常会触景生情而涌出的想象；而明信片带给诗人的感情，更是我们所赋予明信片的感情。即使我们不会写诗，那些明信片也已经成为我们生活里别致而温馨的诗。

# 亲笔信

如今“伊妹儿”和手机短信盛行便捷，传统的信，早已经没什么人写了。据统计，现在邮局里只有不到百分之十是私人信函，这些信封和信瓤，不知又有多少是打印机打印出来的。

所谓传统的信，是需要自己用笔来手写的。过去写信时常用的一句话，是“见字如面”，那是要看见信上亲笔写的字才是，每个人的字体都不一样，即便写的字再歪歪扭扭，也是自己写的，沾着心情和体温，像是闻到乡音一样，让收信人感到亲切，一望便知，而为自己独有。所以，过去古人接到书信，才有“长跪读素书，书中竟何如”那样的虔诚，才有鱼雁传书的美丽传说，才有“家书抵万金”的动人诗句。

在最近一期的《万象》中，看到前辈学者陈乐民先生的遗作《给没有收信人的信》，全部毛笔书写，信中拳拳心意是随蝇头小楷字字花开的，和电脑键盘里机械打出的信件无法同日而语。陈先生这样的信，大概是一襟晚照，属于最后的古典了。

一个一辈子没有亲手写过一封信的人，或一辈子没有收到过别人亲笔写给自己一封信的人，人生都是不完整的。如今电脑非常发达，点击几下键盘就可以轻松地发出一封信。最可怕的是手机短信，它是“伊妹儿”的缩写版，那里早已经储藏着无数条短信，按你所需，任你所取，就像是一副扑克牌，可以来回地洗牌，组合成不同的条目，供你在任何节日里发给任何人。据说，编纂手机短信已经成为现而今的一种职业，和过去替人代写书信的职业相似。不过，也不像，过去代写书信，总还带有代写者手上的一缕墨香，带有属于你自己的一份真实，手机短信却如烟花女子一样，很可能在刚刚发给你之后，又马不停蹄地发给了另外一个人，在几乎同一时刻，大家不约而同地接收到同一条一字不差的短信。有时候，真觉得科技是人类情感的杀手，用貌似最迅速的速度和最新颖的手段，扼杀人类心底最原始的也是最朴素的诉说。

我要说，还是珍惜手写的家信，节假日里，特别是在春节的大年夜前，起码该给自己的亲人亲手写一封平安的信、祝福的信。家书抵万金，家书抵万金呀，仅仅从电脑或手机里发出的信，还能够抵得上万金吗？

记得二十多年前，刘心武曾经写过一篇《到远处去发信》的小说，写的是当了一辈子的老邮递员退休了，给别人送过那么多的信，还没有接过别人给他写来的一封信，就自己写了一封，跑到老远的地方，把信投到邮筒里，让自己这辈子也收到一封亲笔信。

即使如契诃夫写的小说《万卡》里学徒小万卡寄给爷爷的那封永远无法寄达的信，只在信封上写着“寄乡下爷爷收”，而没有写上收信人的地址，但那也是万卡用笔蘸着墨水一字字写成的呀！

好多年前看过英国剧作家品特的电影《传信人》，那个少年心仪并暗恋同学漂亮的姐姐，为这位比自己大好多岁的女人和她的情郎偷偷地传信，当好奇心让他忍不住拆开其中的一封信的时候，心目中的女神写给别人热辣辣的亲笔信，让这位少年惊慌和震撼的情景，逼真地道出了亲笔信的力量。

三十多年前，我突然收到母亲请邻居帮忙拍来的电报，得知父亲病逝，赶忙从北大荒回北京奔丧。一路上心里都奇怪，母亲不识字，家中只剩下她独自一人，慌乱之中怎么会找到我的地址并能够一眼认出来？回到家，看见母亲的床垫底下，压着的都是我写给家里的信。母亲不认字，但熟悉的字迹让她知道那就是我，枕在那些信上睡觉，让她心里踏实。她就是拿着床垫下其中一封信，请邻居打的电报。

可能正是看到了亲笔信的力量和意义所在，有人想竭力挽住已经渐行渐远的亲笔信。看最新的一期*Time Out*杂志上介绍，有一网站举办这样一个活动，叫作“陌生人，让我手写一封信给你”。它这样说：“你多久没收到过信了？你多久没给人手写过信了？让我手写一封信给你，让我的心情化成字迹、装进信封、贴上邮票、扔进信筒，让邮差交到你的手里。现在开始，留下地址，让我写一封信给你。”我不知道会有多少人能够给他们留下自己的地址，换取一封久违的亲笔信。因为我不知道有多少人还在乎一封亲笔信。

还是契诃夫，他写过一篇《统计》的短篇小说。在这篇小说里，他借用果戈理《钦差大臣》里的邮政局局长希彼金的口吻，统计出这样的一个数据：邮局收寄的一百封信件里，其中五封是情书，四封是贺信，两封是稿件，七十二封则是没有什么内容的无聊的信。我对契诃夫这样讽刺夸张的统计数据心生不满。即使七十二封都是没有什么内容的信，也并非无聊。平常人的书信往来，可不都是些家长里短吗？要什么深刻而超尘拔俗的内容？更何况，都是亲笔写的信呢。

不管怎么说，还得是自己亲笔写的信才好。亲笔写的信，无论对于看的人，还是写的人，感觉都不一样，滋味都不一样。就像清风和电扇或空调吹来的风不一样，就像鲜花和纸花或塑料花不一样，就像肌肤之亲和隔着手套握手或戴着口罩亲吻不一样。

独下千行泪，开君万里书。亲笔信，只有亲笔信，才能让你有这样的心情，又能让你如此地动情。

# 萤火虫

想起去年夏天，在美国普林斯顿一个社区里，我和一对来自上海的老夫妇聊天，都是来看望孩子的，便格外聊得来，家长里短，上至天文地理，下至鸡毛蒜皮，聊得兴致浓郁，竟然忘记了时间，从夕阳落山到了繁星满天时分。那时，我们坐在一泓小湖旁边的长椅上，面前是一片开阔的草坪，一直连到湖边。当夜色如雾完全把草坪染成墨色的时候，抬头一看，忽然看见草坪中有光一闪一闪在跳跃，再往远看，到处闪烁着这样一闪一闪的光亮。由于四周幽暗，那一闪一闪的光显得格外明亮，最开始的感觉，它们是上下在跳，高低不一，但跳跃得非常有节奏，仿佛带着音乐一般，让人觉得有种置身童话世界的感觉。

起初，我没有反应过来那光亮是什么东西，感到非常惊讶，竟然傻乎乎地叫道：这是什么呀？老夫妇去年就来过这里，早见过这情景，已经屡见不鲜，笑着告诉我：“是萤火虫。”我不好意思地对他们说：“我都有好几十年没有见过萤火虫了。”他们连声道：“是啊，是啊，在我们的城市里，已经见不到萤火虫了。”

想想，真的是久违了，我以前看见萤火虫，还是在童年，住在北京胡同里的大院的时候。算算日子，至少有五十年的光阴了。那时，我住在一个叫粤东会馆的三进三出的大院里，在花草中和墙角处，不仅能见到萤火虫，还能听得见蟋蟀、油葫芦和纺织娘的叫声。夏天的夜晚，满院子里疯跑捉萤火虫，然后把萤火虫放进透明的玻璃小瓶里，制作我们自认为的“手电筒”，再满院子里疯跑，这是我们孩子最爱玩的游戏。

如今，在北京，不仅这样的四合院越来越少，就是有这样硕果仅存的四合院，孩子们也再见不到萤火虫，玩不成这样的游戏了。如今的城市，有霓虹灯和电子游戏，比萤火虫的闪烁要明亮甚至炫得神奇，但是，那些毕竟是人工的，不是来自大自然的光亮。如今，童话般的心理感觉和视觉冲击，往往来自电脑制作或3D电影。其实，对于孩子，乃至成年人，那种童话般的感觉和感动，更多的应该是来自大自然。越来越高科技现代化的城市，隔膜住了大自然，让我们远离了大自然。

之所以想起了去年和萤火虫重逢的事情，是前两天在报纸上看到一则这样的消息：如今，在淘宝网上可以买到萤火虫。每只萤火虫卖三元到四元，一般批量出售是一百只萤火虫为单位的。接到订单之后，商家指派人到野外去捉萤火虫，但大多数是在人工仿生态的环境下人工饲养的。把萤火虫捉到后，把它们装进扎了小孔的塑料瓶里，空运过来。这些活体萤火虫用以情侣放飞、婚庆气氛的营造。网上的广告上说：送她可爱的萤火虫，可以营造出非常温馨浪漫的情调。

心里不禁有些感慨。曾经伴我们儿时游戏的萤火虫，如今被发现了身上具有的商业价值。是什么让它们具有了商业价值？城市赶走了它们，再把它们请回来的时候，它们就摇身一变。这样坐着飞机千里迢迢而来的萤火虫，不再是我们的朋友，而成为我们花钱买来的商品，放飞的还是以前我们曾经拥有过的童话感觉或浪漫感觉吗？

想起了法国作家于·列那尔写过的一首题为《萤火虫》的散文诗，只有一句话："有什么事情呢？晚上九点钟了，他屋里还点着的灯。"如今，他屋里还能够为我们点着灯吗？

# 好味止园葵

偶尔曾经这样一想，人生最须臾离不开的就是吃了，国内国外大小餐馆，吃的委实不少了，但是，最难忘的，却不在那里，而全在毫不知名的乡村野店。即使过去的日子那么久了，吃的味道，还有那里陈设的一切，都还是那样的清晰如昨。真的是怪了。

三十六年前的秋天，之所以记得如此清楚，因为那是我插队北大荒第一次离开那个小村子，来到了富锦县城。那时，村里没有什么吃的，尤其到了冬天，除了老三样，即冻白菜、冻土豆、冻胡萝卜之外，只有煮上一锅冻豆腐汤，用淀粉拢芡浇上点酱油、香油，我们称之为“塑料汤”。吃了整整两冬这些东西，胃都吃倒了。来到县城，第一顿晚饭，在一家小馆里吃的，吃的是肉片炒芹菜。不知人家地窖里是怎么保存的，芹菜虽然很细，却很新鲜，炒出来一盘，湛清汪绿，好像刚刚从地头摘下来一样。我再也没有吃过那么好吃的芹菜，一直到现在，只要一想起来，一种脆生生、香喷喷略微苦丝丝的芹菜味道还在嘴里缭绕，令我口舌生津。

大约十年前，从延安下来，车子开了一个来钟点，停在一个村头，进了一家小馆。这是朋友特意带我来的地方，肚子早咕咕叫了，朋友说好饭别怕晚，让我坚持。因为早过了午饭的点，小馆里空荡荡的，不仅没有一个客人，连店主人都不在了。忙招呼人把店家请了来，来了个陕北汉子，既是老板，又是厨子，说菜是现成的，不过只有一道：手抓羊肉。不一会儿工夫，一小锅热腾腾的手抓羊肉就上来了。手抓羊肉，吃的次数多了，没有吃过这样鲜这样香的。我问老板汤里都搁什么佐料了？这么香？他告诉我，除了葱姜和盐，什么都没放（连油都没放），只是这羊是今天早晨天没亮时宰的，小火炖了整整一个上午。一天就卖这么一只羊，都是从延安下来的游人来吃，宁可饿着肚子跑老远，也到这里吃。就这么简单，就这么好吃，不管是西安，还是北京，再大的餐馆，没脾气。

前两年，又去延安，想那手抓羊肉，如法炮制，下了延安，车子开了大约一个钟点，到了一个村口，却怎么也找不到那家小馆了。也许，这次没有朋友带领，忘记了村名，我认错了地方。但我总觉得，它只是逗了我的馋虫一下，就像童话里小屋灵光一闪消失了。

前不久，去峨眉，一路蒙蒙细雨下山，车子也是开了一个来钟点，停在山坡旁一家小馆前。这回吃的全部都是山野菜，其中一道竹笋炒猪肉，真的叫绝，满座称好。已是初秋时节，居然还有如此新鲜的竹笋，淡淡鹅黄的颜色，娇柔可爱，而且细嫩犹如春芽，入口即化，颇似水墨画中的水彩一点点地洇进宣纸，慢慢地让你回味。里面的猪肉，也全然不是在超市里买到的那种滋味，虽然肉片切得薄厚不一，但味道鲜美，无法形容其如何鲜美好吃，在座的一位说了这样一句：这才是真正猪肉的味道。这话虽然有些词不达意，却是最好的褒奖了。于是，风卷残云之后，在一片叫好声中，叫店家又上了一盘。

如今，许多东西原本真正的味道，都已经离我们远去，机械化批量饲养的猪或鸡，在屠宰场和超市里整齐划一、包装鲜艳，在餐桌上却嘲笑着我们的味蕾和胃口。

想想前者在北大荒那难忘的芹菜，是物质极度贫匮的年月里一种向往而已，而后两者则是物质发达之后我们远离大自然、崇尚现代化而必然的一种失落。陶渊明曾有句诗：好味止园葵。如今，我们却远于园葵，好味便自然远离我们了。

人类虽为万物之灵长，却也如狗熊掰棒子，不可能把棒子都抱在自己的怀里，总会得到一些什么，也要失去一些什么，这是能量守恒。

这一次，我记住了那个地方，叫零公里。这是一个奇怪的却也好记的地名，下次去峨眉，好再尝尝竹笋炒猪肉片。

# 风景只在想象中

多年来一直想去绍兴，一直没有去成。绍兴，只在想象中。

想去绍兴，主要想看百草园、三味书屋和沈园。前者和鲁迅连在一起，后者和陆游连在一起。可以说，一个是文学的象征，一个则是爱情的象征。一个矮个子的鲁迅，是一座翻越不过去的文学大山。一曲柔肠寸断《钗头凤》，唱碎了几代人对爱情的无奈和惆怅。

真的来到了绍兴，细雨刚刚湿润了绍兴街头整齐划一的柳梢，和小河上荡漾的油漆簇新的乌篷船。先见到的半新不旧的楼房，围在城的四周，和想象中的绍兴拉开了距离。总以为那该是鲁迅笔下的绍兴，是陆游诗中的绍兴，有几分乡土风情和萧瑟的诗意，却未料到那风情和诗意只在纪念馆里。

去百草园和三味书屋的路上，到处是鳞次栉比的小店，卖着孔乙己牌的茴香豆，就连华老栓也被当成了店名，高悬在店堂的匾额上面，想不会是卖人血馒头吧？咸亨酒店依稀能见到当年鲁迅时代的一丝影子，店前的孔乙己塑像比孔乙己本人要辉煌得多，不少人和他合影留念而忘记了他曾经的屈辱。

三味书屋比想象的要小得多，门前的小河让人联想许多，如今门前有条小河的学校已经难找了。有那样好的老师，还有这样好的小河，从这条小河坐船可以到东湖到兰亭到会稽山……鲁迅小时候读书真是让人羡慕。如今三味书屋前的小河有漂亮的乌篷船，戴旧毡帽的老汉在和你讨价还价，载你畅游绍兴。

百草园的皂荚树还在，石井还在，菜畦还在，那段长满奇异花草、跳跃美丽昆虫的矮墙还在，只是并不是短短的，而是很长，上面长满细细的小草，不知是不是以前那段泥墙根子？

皂荚树也不那么高大，这么多年了它一直没有长？紫红的桑葚没有见到，何首乌、木莲和覆盆子更没有找到。也许，是太匆忙，也是人太多，更是我们都不是孩子了，难得那种童趣了。许多同行的人都在说现在新买的别墅赠送的花园也没有这么大。

想象中的沈园，“红酥手，黄縢酒，满城春色宫墙柳”，总是带着几分凄婉。伤心桥下春波依然绿，只是翩翩惊鸿无法照影再来。沈园最值得一看的是最外面的石牌坊，高高地写着“沈氏园”三个绿色大字，足以想象里面所演绎的一切悲欢离合。真的到里面一看，多少有些扫兴，最扫兴的是最里面的墙上刻写的陆游和唐琬各自所写的《钗头凤》，现代人写，现代人刻，沦落风尘中一般，演绎着电视剧的味道，哪有想象中的气派和韵味。

其实，到一个陌生的地方，让从来没有见过的它们闯入你的视野，与其说是给你客观的感受，不如说是一种更为主观的心理和情绪上的东西罢了。因为你要将它们和你想象中的做对比，要将你多年来积蓄的想象和瞬间见到的现实做一番无可奈何的碰撞。

所以，有些一直在你心中存有美好想象的地方，最好不要轻易去。风景只在想象中。

# 卷四

# 美好始于善意

存在于心最本能的良善，是让我们相信艰辛乃至丑陋中却存在温暖和希望的最朴素的力量。

# 天津的哥

我对天津的的哥一直有好印象，源于十多年前，那时满街还跑着黄色的“面的”。那一次，我坐在一位天津的哥开的“面的”上，的哥是一位穿着花哨戴着副蛤蟆镜的年轻人，光从打扮看，多少有点不着调。但是，车子停在我要到的地方的时候，方显出英雄本色，怎么那么巧，他踩刹车的那一瞬间，“面的”上的计价器刚好蹦字。按照一般情况，当然应该按照蹦出的新数字付款。这位的哥坚决不要，坚持按没蹦字之前算钱。虽然不过只是一元钱，却看出这位的哥的心地，以及天津人独特的豪爽。比起穿着礼貌矜持文绉绉的上海的哥，比起满嘴跑火车格外能侃的北京的哥，天津的哥有另一番风姿，好印象一直留存至今。

前不久又去了一趟天津，回北京时，又坐了一回出租。这位的哥年龄五十多，其实比我小不了多少，一上来却管我叫“这位伯伯”，我知道，这是天津人的客气。一问，果然他和我一样插过队，在张家口的坝上，一去小十年。回到天津，在一家蔬菜公司开大卡车拉菜。十九年前，蔬菜公司不景气，他下岗之后，开起了出租，算是天津比较早开出租的一代，一辆夏利，连买车的钱带出租特种经营的牌照钱，一共花了五万多。那时候五万可不是个小数，东拼西借，天天背着一屁股债开车上路，出门回家，两头见灯。今天，他的这辆伊兰特连车带牌能卖三十五万，我对他说你这也算是苦尽甜来吧。

因为同为插队的知青，话投机便格外地稠，他不再叫我“这位伯伯”，改口叫“大哥”。听我说他苦尽甜来，他连连摆手，说道：“大哥，你这话就说差了，哪儿就苦尽甜来了？跟你说，我家里还有一个二十五岁的儿子，还没结婚呢，如今房价这么贵，什么时候给儿子买得起一间房结婚，才算得上苦尽甜来！我现在还得是小车不倒只管推！告诉你，大哥，你们北京我都有二十七年没去了，二十七年前，还是我跟我对象一起去了，从北京回来结的婚。我告诉你，大哥，我现在好多次都在想，要是能让我去了北京，我哪儿也不去，就去天安门，什么都不干，一个人站在那儿，光看天安门，我也能激动老半天。你信不信？”我说我信，都是一代人，无论留在心里的是什么滋味，天安门留存着我们那一代人青春的记忆。

他接着说：“我对象老对我说，什么时候带她再去一回北京。其实，我自己个儿就不想去呀？天津离北京这么近，都二十七年没去过北京了。开出租这么多年了，也拉客人到过首都机场，但是都是从四环五环直接去了机场，然后就赶紧回天津了，没进过一次北京城里。我也想哪一天豁出去了，开着车拉着我对象去北京一趟。”

我知道他是舍不得钱和时间，青春的记忆和梦再好，再值得留恋和回味，也抵不过眼前的日子和儿子的房子，前者是一幅画，可以美滋滋地挂在心头，后者却实实在在压在心头呀。

他叹口气，对我说：“干我们这行的，见的人多，拉好多次年轻人，比我儿子的年龄都小，有的一问每月工资六七千，我下岗的时候蔬菜公司给我一万多，就把我那么多年的工龄打发了，他们何德何能，两个月的工资就赶上了我那么多年的工龄？还有的一上车就打手机，给这个对象打电话，刚放下，又紧接着给另外一个女的打电话，一样的甜言蜜语，你说这是什么事呀！”

我知道他看不惯，和自己年轻时对比，他的心里更憋着火。我劝他，老眼厌看南北路，流年暗换往来人，一代人有一代人的青春背景和轨迹。别的甭多想，什么时候，拉着你老婆去趟北京是真的！

他笑了，说：“那是！”

车很快到了天津东站，一刹车，他指给我看到哪儿进门买票。怎么那么巧，车子的计价器竟然和十多年前一样，也是在停车那一瞬间蹦字，他坚决按照蹦字前收费：十四元八角，我给了他十五元，他坚持一定要找给我那多出的两角钱。我赶紧跳下车，他把头探出车窗，冲我喊了句：“祝你一路顺风！”那一瞬间，我的心里充满感动。虽然在全国许多城市都坐过不同的出租，天津的的哥总让我难忘。泥人也有个土性，谁都有自己的一个哪怕再平凡的梦，我祝愿这位的哥能早日带着他的老婆来北京旧梦重温。

# 面包房

那时，我的孩子小，还没有上小学。晚上，我有时会带着他到长安街玩，顺便去买面包或蛋糕。长安街靠近大北窑路北，有家面包房，不大，做的法式面包和黑森林蛋糕非常好吃。关键是，一到晚上七点之后，所有的面包和蛋糕，包括气鼓、苹果派、核桃排，品种很多的甜点，一律打五折出售，价钱便宜了整整一半。当我和孩子发现了这个秘密后，这家面包房便成为我们常常光顾之地，对于馋嘴的孩子，这里如同游戏厅一样充满诱惑。

那时，售货员常常只剩下一个人值班，坚守到把面包和蛋糕都卖出去。这是一个年轻姑娘，顶多二十三四岁的样子，有点胖，但圆圆脸膛，大眼睛，还是挺漂亮的。每次去，几乎都能够碰见她，孩子总是冲她阿姨阿姨叫个不停：“我要买这个！我要买那个！”静静的面包房，因为我们的闯入，一下子热闹起来。她站在柜台里，听孩子小鸟闹林一般的叫唤不停，静静望着孩子，目光随着孩子一起在跳跃。

渐渐地，彼此都熟了。我们进门后，她会笑盈盈地对我们说：“今天来得巧了，你们爱吃的黑森林还有一个没卖出去，等着你们呢！”或者，她会惋惜地对我们说：“黑森林卖没了，这个巧克力慕斯也不错，要不，你们可以尝尝这个绿茶蛋糕，是新品种。”一般，我们都会听从她的建议，总能尝新，味道确实很不错。花一半的钱，买双倍的蛋糕或面包，物超所值，还有这样一个和蔼可亲又年轻漂亮的阿姨，孩子更愿意到那里去。

有时候，我们来得早了点儿，她会用漂亮的兰花指指指墙上的挂钟，对我们说：“时间还没到呢！”屋子不大，这时候客人很少，有时根本没有，她就让我们在仅有的一对咖啡座上坐一会儿，严守时间。等到挂钟的时针指向七点的时候，她会冲我们叫一声：“时间到了！”孩子会像听到号令一样，先一步蹿上去，跑到柜台前，指着他早就瞄准好的蛋糕和面包，对她说要这个！她总是笑吟吟地看着孩子，听着孩子麻雀一样叽叽喳喳地叫个不停，然后用夹子把蛋糕和面包夹进精美的盒子里，用红丝带系好，在最上面打一个蝴蝶结，递到我们的手里，道声再见后，望着我们走出面包房。有一次，她有些羡慕地对我说："这孩子多可爱呀，有个孩子真好！"

面包房伴孩子度过了童年，在孩子小学三年级的时候，那一年的暑假，我们去面包房几次都没有见到她。新的售货员一样很热情，买好蛋糕和面包，走出面包房，孩子悄悄地问我："怎么那个阿姨不在了呢？会不会下岗了呀？"那时，他们班上好几个同学的家长下岗，阴影覆盖在同学之间，孩子不无担心。面包房里这个好心漂亮的阿姨，是看着他长大的呀。

下一次来买面包的时候，我问新的售货员原来总值晚班的那个胖乎乎的售货员哪儿去了，怎么好长时间没见了。新售货员告诉我："她呀，生孩子，在家休产假呢！"不是下岗，孩子放心了。那天，多买了一个全麦的面包，里面夹着好多核桃仁，嚼起来，很香。

等我再见到她，大半年过去了，孩子已经升入四年级，一个学期都快要结束了。我对她说："听说你生小孩了，祝贺你呀！"她指着我的孩子说："这才多长时间没见，您看您这孩子长这么高了！什么时候，我那孩子也能长这么大呀！"我开玩笑对她说："你可千万别惦记着孩子长大，孩子真的长大，你就老喽！"她嘿嘿地笑了起来说："那也希望孩子早点儿长大！"

时光如流，一转眼，我的孩子到了高考的时候，功课忙，很少有时间再和我一起去面包房，偶尔去一趟，仿佛是特意陪我一样。特别是考入大学，交了女朋友之后，晚上要去的地方很多，比如图书馆、咖啡馆、电影院、旱冰场、大卖场等，面包房已经如飞快的列车驰过后掠在后面的一棵树，属于过去的风景了。只有我常常晚上不由自主地转到长安街，拐进面包房。

这期间，面包房搬了一次家，从东边往西移了一下，不远，也就几百米的样子，门口装潢一新，还有霓虹灯闪耀。里面稍微大了一些，但还是很局促，不变的是，值晚班的还常常是这个胖乎乎的姑娘。我总这样叫她姑娘，其实，她已经变成了一位中年妇女了。没变的，是蛋糕和面包的味道，还保持着原有的水平，只是价钱悄悄地涨了几次。

有一天，我去面包房，见我又只是一个人，她替我装好蛋糕和面包，问我："您的孩子怎么好长时间没跟您一起来了？"我告诉她孩子上大学了。她点点头，然后笑着对我说："等再娶了媳妇就忘了爹娘，更不会跟您一起来了呢！"我也跟着一起笑了起来。回家见到孩子后，我把她的话告诉给孩子听，孩子一下子很感动，对我说："您说咱们不过只是到她那里买打折的面包和蛋糕，这么长时间了，她还能记得我，这阿姨真的不错！”我也这样认为，世上人来来往往，多如过江之鲫，莫说是萍水相逢了，就是相交很长时间的老朋友，有的都已经淡忘，如烟散去，何况一个和你毫无关系的面包房姑娘！

星期天，孩子专门陪我一起去了一趟面包房，一进门叫声阿姨，她抬头一望，禁不住说道：“都长这么高了！”又说你要的黑森林今天没有了。孩子说没关系，买别的。然后，两个人一个挑蛋糕和面包，一个往盒子里装蛋糕和面包，谁都没再说什么，但他们彼此望着，很熟悉，很亲近，那一瞬间，仿佛一家人。那种感觉，是我来面包房那么多次，从来没有过的。

有时候，我会奇怪地问自己：一个人，一辈子要走的地方很多，去的场所很多，一个小小的面包房，不过是你生活中偶然的邂逅，为什么会让你涌出这样亲近、亲切又温馨的感觉？其实，哪怕是一棵树，和你相识熟了，也会有这样的感觉的，何况是人，因为熟悉了，又是彼此看着长大，在岁月的年轮里，融入了成长的感情，所买与所卖的面包和蛋糕里便也就融入了感情，比巧克力奶油慕斯或吐司的味道更浓郁。

孩子大学毕业就去了美国留学，孩子走后，我很少去面包房。倒不是家里缺少了一只馋嘴的猫，少了去面包房的冲动，更主要的是自己也懒了，老猫一样猫在家里，不愿意走动，其实就是老了的征兆。那天，如果不是老妻要过本命年的生日，我还想不起面包房。生日的前一天，我对老妻说：“我去面包房买个蛋糕吧！”才想起来，孩子去美国几年，就已经有几年没有去过面包房了，日子过得这么快，一晃，七年竟然如水而逝。

那天的晚上，北京城难得下起了雪，雪花纷纷扬扬的，把长安街装点得分外妖娆。老远就能看见面包房门前的霓虹灯在雪花中闪闪烁烁眨着眼睛，走近一看，才发现门脸新装修了一番，门东侧的一面墙打开，成了一面宽敞明亮的落地窗。走进去一看，今天难得的热闹，竟然有三个年轻漂亮的女售货员挤在柜台前，蒜瓣一样紧紧地围着一个二十来岁的姑娘，叽叽喳喳地说得正欢。扫了一眼，没有找到我熟悉的那个胖乎乎的售货员。因为去的时间早，还有十来分钟到七点，我坐在一旁，边等边听她们说话。听明白了，这个姑娘和我一样，也是等七点钟买打折蛋糕的。还听明白了，是给她的妈妈买生日蛋糕的。又听明白了，她的妈妈就是面包房里那三位女售货员的同事，她们其中的两位是从面包房后面的车间特意跑出来，聚在一起，正在帮姑娘参谋，让她买蛋糕之后再买几个面包，并对小姑娘说：“你妈妈在这里工作了这么多年，都是值晚班卖打折的面包和蛋糕，自己还从来没买过一回呢！你得多买点！”

七点钟到了，我走到柜台前，玻璃柜里只有一个黑森林蛋糕，一位售货员对我说：“对不起，这个蛋糕已经有主儿！”她指指身边的姑娘。我说那当然！然后，我对姑娘说：“你妈妈，我认识！”姑娘睁大一双大眼睛，奇怪地问我：“您认识我妈？”我肯定地说：“当然！”小姑娘更加奇怪地问：“您怎么认识的？”我笑着对她说：“回家问问你妈妈就知道了！就说一个常常带着一个孩子来这里买蛋糕和面包的叔叔，祝她生日快乐！”她还是有些疑惑，也是，几十年的岁月是一点点流淌成的一条河，怎么可以一下子聚集在一杯水里，让她看得清爽呢？我再次肯定地对她说：“你回家和你妈妈一说，你妈妈就会知道的！”

姑娘买好蛋糕和面包，走出面包房，身影消失在风雪之中，我转身问那三个售货员：“她的妈妈是不是你们面包房里那个胖乎乎的售货员？”她们都惊讶地点头，问我：“您是她以前的老师吧？”我笑而不答。她们告诉我她今年刚刚退休。这回轮到我惊讶了：“这么早？她才多大呀！”她们接着说：“我们这里五十岁退休。”竟然五十岁了！就像她看着我的孩子长大一样，我看着她的青春在面包房里老去，生命的轮回在我们彼此的身上，面包房就是见证。

# 青木瓜之味

大约是四年前初春的一个星期天下午，我去邮局发信。邮局离我家不远，过了马路，走两三分钟就到。就在要到邮局的时候，一个年轻的女子和我擦肩而过。忽然，她停住脚步，回头看了我一眼。那一眼的眼神很亲切，也有些意外的惊奇，仿佛认出了一个熟人而与之邂逅相逢。那眼神闹得我以为真的碰见了什么认识的人，便也禁不住停住脚步，看了她一眼：年龄不大，也就二十出头，模样清爽，中等身材，瘦削削的。看她的装扮，初春时节还穿着一件臃肿的棉衣，就猜得出是一个外地人，大概是打工妹。我仔细地想了想，从来没有见过这么个人，她肯定是认错了人。于是，我笑笑自己的自作多情，向邮局走去。

我走了没几步，她从后面跑了过来，跑到我的面前，这让我很吃惊，不知碰见了什么人。只听见她用南方那种绵软的声音仔细而小心翼翼地问我："你是不是肖复兴老师？"我愈发惊讶，她居然叫出了我的名字，我木讷在那里，近乎机械地点了点头。

她一下子显得很兴奋，接着说："刚才你迎面向我走来，我看着你就像。我读中学的时候就看过你写的书，你和书上的照片很像。真没有想到这么巧，今天在这里遇见了你！"

原来是一位读者，大概她这番热情的话，很能满足我的虚荣心，尤其是听她说她喜欢我写的一些东西，特别是说她读中学的时候读我写的东西对有她帮助，一直忘不了……我就像小学生爱听表扬似的，立刻有些发晕，找不着北，站在街头和她聊了起来，一任身边车水马龙的喧嚣。

从她那话语中，我渐渐地听明白了，她从小在南方农村长大，中学毕业，没有考上大学，家里生活困难，就跟着乡亲来到了北京打工，住的地方离我家不算太远，要走半个小时左右。今天星期天休息，她是刚刚到邮局给家里寄钱，并发了一封平安家信。虽是萍水相逢，只是些家常话，却让我感到她像是在掏心窝子，一下子竟有些感动，没有想到只是写了一些平常的东西，能够让心拉近、距离缩短，我想也应该说这是如今没什么用处的文学的一点特殊功能吧。于是，我进一步犯晕，沿着斜坡继续顺溜地下滑，不知对她的热情如何回报似的，竟然指着马路对面我家住的楼对她说：“我家就住在那里，你有空，欢迎你到我家做客。”说着把地址写给了她。她高兴地说：“太好了，我一定去！”

回到家后，我就把这件意外相逢的事情当作喜帖子，向家里的人讲了，不想立刻遭到全家一盆冷水浇头，纷纷说我：“你以为你遇到了知遇知心呢？别是个骗子吧？”“可不是，现在骗子可多着呢，你可别忘了狐狸说几句赞扬的话，是为了骗乌鸦嘴里的肉。”“什么？你还把咱家的地址告诉了人家？你傻不傻呀？你就等着人家上门找到你头上来骗你吧！”“要真是找上门来，骗几个钱倒没什么，可别出别的事！”……

一下子，说得我有些发蒙。一再回忆街头和那个年轻女子的相遇和交谈，不像是个狐狸似的骗子呀，再说，她肯定是读过我写的书，要不也说不出书名，并且能够对照着书上的照片认出我来呀。但家里的人说得也没有错，谁也不会把骗子两字写在脑门上，高明的骗子现在越来越多，防不胜防。这么一想，心里连连后悔，而且不禁有些发虚，嘲笑自己如此可笑，禁不住两碗迷魂汤一灌，就如此容易轻信上当，真是百无一用是书生。一连多天，都有些提心吊胆，怕房门真的被敲响，开门一看，是这个年轻的女子登门拜访，后果不可收拾，不堪设想。

好在一连好多天过去了，都平安无事。

时间一长，这件事情渐渐淡忘了。偶尔提起，被家人当作笑话嘲笑我一番。我心里想，即使不是骗子，也只是街头的一次巧遇或萍水相逢，别再犯傻了，被人家两句过年话一说就信以为真。即使人家不骗你，没准还怕你骗人家呢。

将近一年过去了，春节过后，我们全家从天津孩子的姥姥家过完年回家，刚上电梯，开电梯的老太太对我说："你先等我一会儿，前两天有人来找你，你没在家，把带来的东西放在我这里了。"开电梯的老太太是个热心人，住在楼里的人要是不在家，来人送的信件报纸或其他的东西，都放在她这里。她家就住在楼下，不一会儿，就拿来一包用废报纸包着的东西。回家打开包一看，是两个青青的木瓜。木瓜的旁边有一张小纸条，上面写着两行小字，大概意思是：你还记得吗，我就是那天在邮局前和你相遇的人，我一直想来看你，工作太忙了，一直没有时间。我过年回家给你带了两个木瓜，是我家自己种的，只是一点心意。祝你写出更多更好的作品！下面没有写下她的名字，只是写着：一个你的读者。

全家都愣在那里，谁都说不出一句话来。

我永远也不会忘记这个年轻而真诚的女子，不会忘记这件事情，不会忘记这两个木瓜。总记得切开木瓜时的样子，别看皮那样青，里面却是红红的，格外鲜艳，特别是那独有的清香味道，在房间里飘散着，好多天没有散去。

# 素昧平生

读俄罗斯作家帕乌斯托夫斯基的自传《一生的故事》，其中叙述了帕氏童年的一桩小事，讲他在基辅一座叫马里因的公园里，见到一位身材高大的海军士官候补生，在林荫道上，从他身边走过。因为他向往大海，却从来没有见过大海，便把对大海的全部想象，寄托在这个无檐帽下绣着金色船锚飘带的海军士官候补生的身上。他渴望也能当候补生一样的海军或者海员在大海上航行，到达他刚刚读过斯蒂文森写的《金银岛》上。他竟情不自禁地跟在这个候补生的后面，跟了很长的一段路。候补生早就发现他，一直走出公园，走到大街上，候补生才停下来问他为什么总跟着自己。当候补生明白了这个小孩子的心愿后，带着他来到街边的一家咖啡馆，为他买了一杯冰激凌，并从钱夹里拿出一张巡洋舰的照片送给了他，对他说："这是我的舰，送给你，留作纪念吧！"

帕氏的这部《一生的故事》一共六大本，叙述大大小小的故事很多，但是，不知为什么，这个帕氏在公园邂逅海军士官候补生的小故事，总让我难忘。

他们素昧平生，帕氏只是一个小孩子，候补生已成年。一个成人，能那样善待一个根本不认识的小孩子，不仅善待，而且那样理解一个小孩子天真幼稚、充满想象的心，愿意停下脚步，感受、倾听并珍惜孩子这样一颗幼稚却美好的心，还为孩子买一杯冰激凌，送孩子一张巡洋舰的照片，不是所有的成人都能做到这样的，即使是孩子的家长，也未必如此。

我在想，我成年之后，是否在某个地方，在偶然之间，也曾经遇到过这样的一个孩子？没有，我没有遇到过。或者，其实我遇到过，但我没有发现。有些迟钝，或者，在公园里，眼睛里只有面前的花草树木、湖光山色，心里只有自己的事情，便不会像风吹过花草树木，即使是不曾相识，也将花木的清香带到别处，带到远方。是的，有很多时候，我的眼睛有些近视或远视，我的心像搓脚石被磨得千疮百孔。

如果，我也遇到这样一个孩子，并且敏感地知道这个孩子的心思，我会像这位海军士官候补生一样对待这个孩子吗？真的，我不敢保证。每逢想到这里时，我都非常惭愧，我都会像帕氏一样对那位海军士官候补生充满敬意和怀念。

我仔细搜寻记忆，我的一生中，未曾做到如海军士官候补生一样，发现过一个孩子，帮助过一个孩子，是否在小的时候也曾经遇到过海军士官候补生类似的人物，对我有过帮助呢？

我想到了。在我四岁左右的一个黄昏，家里来了客人，父亲陪客人喝酒，母亲忙于炒菜，姐姐照顾着一岁的弟弟，我偷偷一个人跑出家门，跑出大院，跑到大街上，像一头没有笼头罩着的小马驹，四处散逛，看什么都新鲜，看什么都好玩。不知不觉，越走越远，迷了路。黄昏落尽，黑夜降临，路灯闪烁中，我已经忘记了自己当时哭了还是没哭。记忆中，只留下我坐在一辆三轮车上，身边坐着的是一位警察叔叔。是他发现了在街头失魂落魄的我，问清了我家住的地方，叫上了这辆三轮车。一路街灯和街景如流萤一般闪过，三轮车左拐右拐把我拉到大院门口的时候，我记得警察叔叔没有下车，只是叫我一个人下车，看着我跑进大院，才叫拉车的车夫拉着他走了。而我跑回家，爸爸还在和客人喝酒，妈妈和姐姐居然没有发现我已经在街头逛荡一圈了。

这个警察和我也是素昧平生，虽然，他没有请我吃冰激凌，也没有送我照片，但一样让我难忘。回忆起这件事，我完全记不起这个警察的面容，也记不起他对我说过什么话了，那一晚的情景，却印在我的脑海里，不止一次想他戴着警察大檐帽的样子，他弯腰和我说话时和蔼的样子。但是，这一切只是事过经年之后的想象而已。唯一的印象，就是在三轮车上他坐在我身边的模糊样子。说来也奇怪，那一晚之前的事，我什么也不记得了，我的记忆，就是从那一晚这个警察叔叔模糊的样子开始的。

我还想起另外一个人，是位老太太。不是我小时候遇到的，是十三年前的春天，那时候，我腰伤刚刚能下地走路，出院之前，医生嘱咐我，一定要多出去晒晒太阳，补补钙，对于腰伤的恢复有好处。我开始遵从医嘱，天天早晨出去，先到小区的小花园里晒太阳。小花园里，种着月季、紫薇、丁香，花木葱茏，有老头儿老太太在花丛树下练功打拳。小花园里还有几排椅子，坐着老头儿老太太，和我一样，出来晒太阳，顺便闲聊家长里短。因为我是第一次来这里，从来没有见过这些人，插不进他们的聊天中，只能坐在椅子上呆呆地望着他们，望着天空。

几天之后，我身边坐着的那位老太太忽然对我说了句话：“我看见你总到这里来晒太阳，你得戴副墨镜呀！”

我转过头看了看老太太，有七十多岁的样子，戴副宽边的墨镜。她接着对我说：“你眼睛也别总直接看太阳，太阳光厉害，伤眼睛的，容易得白内障。”

我谢过了她。当天就买了一副墨镜，第二天到小花园，她看见我戴着墨镜，冲我笑了笑。

老太太和我也是素昧平生。她对我的关切，也许只是顺口而说、举手之劳，但让我心存感念，一直记忆。

有时，我会想，如果不是素昧平生，是自己的家人，或是熟悉的朋友，即使不熟悉只是偶尔见过几面的人，还会这样让我难忘并感念吗？我想，起码会打了折扣。正因为素昧平生，这位老太太，那位警察，才让我难忘并感念至今。哪怕他们并没有像帕乌斯托夫斯基遇到的那位海军士官候补生一样，为帕氏买一杯冰激凌，送一张照片，有那样额外的赠品；哪怕他们所做的对他们而言只是举手之劳的区区小事，却正因为小事区区，正因为面对的是他们素昧平生的我，这些点滴小事，最可见是发自内心，是最自然不过的流露。这便是人存在于心最本能的良善，是让我们相信艰辛乃至丑陋却存在温暖和希望的最朴素的力量。

# 大年夜

我家住的小区里，有家小理发店。十五年前，我刚住进这个小区，它就存在。花开花落，世事如风，变迁很大，它依然偏于小区一隅，没有任何变化。别的理发店都重新装潢了门面，在门前还装上了闪闪发光的旋转灯箱什么的，连名字都改作美发厅了。它依然故我，很朴素，也很有底气地存在着，犹如一株小草，自有风姿，并不理会花的鲜艳和树的参天。而且，别的理发店里伙计不知换了几茬儿，甚至老板都已经易人。它的伙计一直是那几个，老板始终是同一个人。什么事情，能够坚持十四年恒定不变，都不容易，都会老树成精的。

想说的是去年大年三十的事情。虽然事情已经过去了快一年，但印象很深，每一次去小店理发，见到老板都忍不住想起这件事情，而且会和他谈起。他总会哈哈大笑，笑声震荡在小店里，让回忆充满暖意和快乐。

因为常去那里理发，我和这位老板很熟，其实，小区好多人图个方便，更图老板手艺不错，都常去小店。大家都知道每年春节前是他生意最好的时候，他会坚持到大年三十的晚上，一直送走最后一位客人，然后回江西老家过年。他买好了大年夜最后一班的火车票，他说虽然赶不上吃团圆饺子，但这一天车票好买，火车上很清静，睡一宿就到家了。

一般我不会挤在年三十晚上去理发，那时候，不是人多，就是他着急要打烊，赶火车回家。但那几天因为有事情耽搁了，我一直到了大年三十的晚上才去他那里。时间毕竟晚了，进门一看，伙计们都下班回家了，客人也早已经不在，店里只剩下他一人，正弯腰要拔掉所有的电插销，关好水和煤气的开关，准备关门走人了。见我进门，他抬起身子，热情地和我打过招呼，把拔掉的电插销重新插上，拿过围裙，习惯性地撣了撣理发椅，让我坐下。我有些抱歉地问他会不会耽误他乘火车的时间。他说："没关系，你又不染不烫的，理你的头发不费多少时间的。"

我知道，理我的头发确实很简单，就是剪一下，洗个头，再吹个风。不到半个小时，就完活儿了。但毕竟有些晚了，还是有些抱歉。迎来送往的客人多了，理发店的老板都是心理学家，一般都能够看出客人的心思。他看出我的心思，开玩笑对我说："怎么我也得送走最后一个客人，这是我们店的服务宗旨。"

就在他刚给我围上围裙的时候，店门被推开了，进来一位女人，急急地问："还能做个头吗？"我和老板都看了看她，三十多岁的样子，穿着件墨绿色的呢子大衣，挺时尚的。我心想，居然还有比我来得更晚的。老板对她说："行，你先坐，等会儿！"那女人边脱大衣边说："我一路路过好多家理发店都关门了，看见你家还亮着灯，真是谢天谢地。"

等她坐下来，我替老板隐隐地担忧了。因为老板问她的头发怎么做，她说不仅要剪短，要拉直，而且关键是还要焗油，这样一来，没有一个多小时，是完不了活儿的。等她说完这番话时，我看见老板刚刚拿起理发剪的手犹豫了一下。

显然，她也看出来了老板这一瞬间的表情，急忙解释，带有几分夸张，也带有几分求情的意思说："求您了，待会儿，我得跟我男朋友一起去见他妈，是我第一次到他家，而且还是去过年。虽说丑媳妇早晚得见公婆，但你看我这一头乱鸡窝似的头发，跟聊斋里的女鬼似的，别再吓着我婆婆！"

老板和我都被她逗笑了。老板对她说："行啦，别因为你的头发过不好年，再把对象给吹了。"

她大笑道：“您还真是说对了，我这么大年纪，也是属于‘圣（剩）斗士’了，找这么个婆家不容易。”

我知道时间对于老板的紧张，赶紧向老板学习，愿意成人之美，便让出了座位，对老板说：“你赶紧先给这位美女理吧，我不用见婆家，不急。”她忙推辞说：“那怎么好意思！”我对她说：“老板待会儿还得赶火车回家过年。”她说：“那就更不好意思了。”但我抱定了英雄救美的念头，把她拉上了座位，然后准备转身告辞了。老板一把拉住我说：“没你说得那么急，赶得上火车的。正月不剃头，你今儿不理了，要等一个月呢！”我只好重新坐下，对老板说：“那你也先给她理吧，我等等，要是时间不够，就甭管我了。”

那女人的感谢，开始从老板转移到我的身上。我想别给老板添乱了，人家还得赶火车回家过年呢，便想趁老板忙着的时候侧身走人。谁知悄悄拿起外套刚走到门口，老板头也没回却一声把我喝住：“别走啊！别忘了正月不剃头！”看我又坐下了，他笑着说：“您得让我多带一份钱回家过年。”说得我和那女人都笑了起来。

老板麻利地做完她的头发，让她焕然一新。都说人是衣服马是鞍，其实人主要靠头发抬色呢，尤其是头发真的能够让女人焕然一新。但是，时间确实很紧张了，老板招呼我坐上理发椅时，我对他说：“不行就算了，火车可不等人。”老板却胸有成竹地说：“没问题，你比她简单多了，一支烟的工夫就得！”

果然，一支烟的工夫，发理完了。我没有让他洗头和吹风，帮他拔掉电插销，关好水和煤气的开关，拿好他的行李，一起匆匆走出店门的时候，看见那位女人正站在门前没几步远的一辆丰田RAV4的旁边，挥着手招呼着老板。我和老板走了过去，她对老板说：“上车，我送你上火车站。”看老板有些意外，她笑着说：“走吧，候着您呢。”老板不好意思地说：“别耽误了你的事。”她还是笑着说：“这时候不堵车，一支烟的工夫就到。”

丰田车欢快地跑走了。小区里，已经有人心急地燃放起了烟花，绽放在大年夜的夜空，就像突然炸开在我的头顶，挺惊艳的。

# 客厅里的鲜花

朋友丹晨夫妇在美国新买了一套单体别墅，靠近普林斯顿老镇，临达拉维尔河。我笑着打趣说是亲水豪宅呢，她也笑了，说是二手房，上下两层，小巧玲珑，特别是花园，不是面积奢华的那种，但收拾得花是花，草是草的，错落有致，四周一圈柏树，中间几棵雪松，靠餐厅落地窗的一面，特意种了一棵修剪得矮小的五叶枫，两侧栽的是书带草和玉簪。朋友一看就喜欢上了，本来已经订下了另外一套别墅，且交付了订金，却喜新厌旧地当场决定退掉那套，选择了这一套。

这一套的房主是一对退休的白人老夫妇。在美国，老年人大多不跟子女一起居住，他们的房子，一般是越住越小，因为退休收入减少，也因为体力减弱，收拾房间和花园已经力不可支，便卖掉大房子，搬进老年公寓，拿到卖掉房子的那一笔钱，舒舒服服，手头宽裕地安度晚年了。

拿到钥匙的那一天，朋友约我和其他几位朋友一起看房子。花径缘客扫，先看见花园收拾得干干净净，草坪上新剪的草，剪草机留下的整齐痕迹很明显。走进房间，已经四壁一空，家具都搬走了，但墙壁、地毯、楼梯、壁灯、落地窗和白纱窗帘，都还显得簇新，真想象不出这是住了十多年的老房子。

我对丹晨说："这对老夫妇还真不错，临搬走之前，把这里收拾得干干净净。"丹晨说："这对老夫妇和这套房子很有感情，他们对我们说你们搬进来一定要好好爱护，特别是这个小花园，从一开始的设计到后来的维护，有这对老夫妇十多年的心思。"

更让我没有想到的是，丹晨指给我看，客厅吧台上摆着一个瓷花瓶，花瓶里插着几枝天蓝色的绣球花和几枝金黄色的太阳菊，四围还点缀着几簇各种颜色的我叫不出名字的小花。丹晨告诉我，这花瓶和鲜花都是主人留下的，显然是在搬走的这一天特意买来的。丹晨说上午他们来交接房子拿钥匙的时候，一对老人还在忙着把最后几个大箱子搬上卡车。但他们没有忘记买下这瓶鲜花，留给新主人。

那一刻，这瓶鲜花在空荡荡的客厅里显得格外醒目，漂亮鲜艳得如同雷诺阿笔下的鲜花。

花瓶旁边，立着一张精美的对折贺卡。我拿起来一看，上面密密麻麻地写满了钢笔字，这张贺卡，竟然也是原来的主人留下来的。丹晨大声地对我说："念一念，上面都写着什么？"我说："是在考我吗？"我英语拙劣，但贺卡上的这些字大致还认得，大意是房间的新主人：今天你们就搬进了这个新家，希望你们能够喜欢它。也希望你们在这里度过你们一生中美好的时光，让这里伴随你们一直到老，到生命的尽头。我大声地念了起来，回声轻轻地在挑高客厅里回荡着。看得出，一起来看新房的人，都有些感动了。

那一刻，我的心头也忽然一热，同样为这对老夫妇感动。因为我实在不知道，在我们这里买二手房的时候，会有多少人能够如这对老夫妇一样，在临搬走之前，不仅为你整理好花园、打扫干净房间，还为你留下一瓶鲜花和这样一张写满感人肺腑词语的贺卡？

丹晨的老公这时候从厨房的壁橱里拿来一瓶香槟和几只玻璃杯，跑进客厅高兴地叫了起来："快来开香槟，咱们来庆祝庆祝乔迁之喜。"香槟的泡沫如雪花一样从瓶口喷涌出来的时候，我才知道，这香槟和玻璃杯也是这对老夫妇特意留下来的。

# 丝瓜的外遇

那天，到菜市场买了几条丝瓜，因为已经买了好多的菜，手里拿着满满的好几个兜子，给小贩交完钱，提着菜兜转身就走了。等到晚上做饭的时候找丝瓜，才想起放在菜摊上忘记拿了。

几条丝瓜，没几个钱，但第二天到菜市场去买菜时，忽然想到那个菜摊前问问，看看菜贩兴许好心地帮我收起了丝瓜，守株待兔等着我回去取。走到那个菜摊前一问，菜贩摇摇头，一脸无辜的茫然。我向他道了谢，转身走了，这事本来怨我而不怨他，不见得就一定是他将几条丝瓜“眯”了起来，也可能是别人顺手牵羊拿走了丝瓜。买菜的人来人往，菜经他的手各种各样，他哪里顾得过来这几条小小的丝瓜？

也是退休后无所事事，那一刻，脑子里忽然冒出这样一个念头，就在这个每天都喧嚣热闹的菜市场，做个小小的试验。便找了三家菜摊，各买了三条丝瓜，然后，交完钱，都放在了菜摊前那一堆有青有绿有红的蔬菜堆儿里，转身就走了。我想明天再去菜市场，看看这三家菜摊，会有哪家能够看到我忘在菜摊上的丝瓜，替我保存，等着我回去取；或是，哪家都没有了丝瓜，只剩下了今天看到的那个菜贩的一脸无辜的茫然。小小的丝瓜，会是一张pH试纸，能够试探出人心薄厚和人情暖凉呢。

第二天，我去了这三家菜摊，两家，没有了丝瓜，只有茫然；一家的菜贩却没等我问话，就从菜摊下面提出了装着那三条丝瓜的塑料兜，笑吟吟地递给我。

应该说，试验的结果还算不坏，二比一，毕竟没有让人完全失望，九条丝瓜没有全部不翼而飞，留下了三条，锚一样，还沉稳地留在了水底，揽住了小船没有被风浪吹走，不知所踪。

不过，有意思的是，这家替我保存住遗忘的丝瓜的菜贩，是我认识的，我常常到他那里买菜，特别是西红柿，我都会到他那里买。因为彼此熟了，他会连问都不用问我，直接从西红柿筐里替我挑最好的给我。有时候，差个几分钱几角钱，他也会抹去零头，甚至忘记带钱或者钱不够了，他会让我赊着，明天买菜时再带给他。

我在想，如果不是我们已经很熟识了，他会为我保存下这三条丝瓜吗？

我又想，以前老北京，几乎每条胡同都会有一家菜摊或菜店，因为都是街里街坊的，无论卖菜的，还是买菜的，每天抬头不见低头见，彼此都熟悉得不能再熟悉了，别说是买了菜忘在菜摊或菜店里了，就是你把别的东西甚至钱包忘在那里了，一般回去都会找得到的，菜摊或菜店里的人都会替你保管好。这原因其实也很简单，因为在一条街上，大家都认识，彼此的信任和信誉，以及常年积累起来的感情，比贪一点小便宜要重要得多。所以，那时候，尽管物资匮乏，大家都不富裕，但很少会出现缺斤短两或假冒伪劣之类的欺诈。对比那时农耕时代的商业模式，如今琳琅满目的菜市场，发展了好多，也流失了好多东西。其中流失最多的，就是买卖之间的那种邻里之间的人情味。

我将自己这样的想法，对那位替我保存丝瓜的菜贩说了，他笑笑对我说：“人情味，也不是说现在就没了，你们买菜的看得起我们，我们卖菜的自然就会高看你们一眼。这东西，就像脚上的泡，走的日子多了，自然就长出来了。你说，那几条丝瓜能值几个钱？”

他说得有道理，丝瓜不过只是人情味的一种外化，是彼此心情的一次外遇。

# 上一碗米饭的时间

入冬后北京最冷的那天晚上，我在一家小饭馆里。家里人都出了远门，没有饭辙，要不我是不会在这么冷的天跑出来到这里吃晚饭的。正是饭点，小饭馆里顾客盈门，只剩下靠门口的一张桌子空着，虽然只要一开门，冷风就会乘机呼呼而入，别无选择，我只好坐在了那儿。

服务员是位模样俊俏的小个子姑娘，拿着个小本子，笑吟吟地站在我的面前，一口外地口音问我："您吃点儿什么？"我要了三两茴香馅的饺子和一盆西红柿牛腩锅仔。很快，饺子和锅仔都上来了，热气腾腾地扑面撩人，呼啸寒风，便都挡在了窗外。

埋头吃得热乎乎的，觉得忽然有一股冷风吹来，抬头一看，一位老头儿已经走到我的桌前，也是别无选择地坐了下来。在我的对面坐下来之后，大概看见我正在望着他，老头儿冲我笑了笑，那笑有些僵硬，不大自然。也许，是为自己一身油渍麻花的破棉袄感到有些羞涩，和这一饭馆衣着光鲜的红男绿女对应得不大协调。我看不出他有多大年纪，或许还没有我大，只是胡子拉碴的显得有些苍老。我猜想他可能是位农民工，或者刚刚来到北京找活儿的外乡人。

他坐在那里，半天没见服务员过来，便没话找话地和我搭话，指指饺子，问我饺子怎么卖。我告诉他一两三块钱吧。他立刻应了声："这么贵！"这时候，那个小个子姑娘拿着小本子走了过来，走到老头儿的身边，问道："你吃什么？"老头儿望了望她，多少有点犹豫，最后说："我要一碗米饭。"姑娘弯下头在小本子上记下来，又抬起头问："还要什么？"老头儿说："就一碗米饭！"姑娘有些奇怪："不再要点什么菜？"老头儿这回毫不犹豫地说："一碗米饭就够了。"然后补充一句："要不麻烦你再给我倒碗开水！"姑娘不耐烦了，一转身冲我眉毛一挑，撇了撇嘴，风摆柳枝般走了。

过了好长时间，也没见姑娘把一碗米饭上来，更不要说那一碗开水了。不少饭馆都是这样，不会把只要一碗米饭的顾客放在心上，更何况是一个衣衫褴褛的老头儿，在他们眼里几乎是乞丐一样呢。姑娘来回走了几次，大概早忘了这一碗米饭。

我悄悄地望了一眼对面的老头儿，看得出来，老头儿有些心急，也有些尴尬，又不知道如何是好，如坐针毡。如果有钱，谁会只要一碗白米饭呢？但如果不是真的饿了，谁又会非得进来忍受白眼和冷漠而只要一碗白米饭呢？

我很想把盘子里的饺子让给老头儿先垫补一下，但把剩下小半盘的饺子给人家吃，总显得不那么礼貌，有些居高临下，就像电影《青春之歌》里的余永泽打发要饭的似的。那锅仔我还没有动，可以先让他喝几口，但一想饭还没吃，先让人家喝汤，恐怕也不合适，而且也容易被老头儿拒绝。

因此，当姑娘又向这边走来的时候，我远远地冲她招招手，她走了过来，老头儿看见了她，张着嘴动了动，一定是想问她：我那一碗米饭呢？但如今的小姑娘哪一个好惹？为了避免尴尬，我先把话抢了过来，对她说："姑娘，你给我上碗米饭！"话音刚落，怕她同样嫌弃我只要一碗米饭，便又加了句："再来三两饺子。"姑娘在小本子上记了下来，转身走了。我冲着她的背影喊了句："快点呀！"她头没有回，扬扬手中的小本说道："行哩！"

老头儿望了望姑娘走远的背影，又望了望我，什么话没有说，似乎是想看看，同样一碗米饭，到底谁的先上来。一下子，让我忽然感觉偌大的饭馆里，仿佛主角只剩下了老头儿、姑娘和我三个人，三个人彼此的心思颠簸着、纠结着，一时无语却有着不少的潜台词。

我望了望老头儿，也没有说话。我是想等这一碗米饭和三两饺子上来，一起给老头儿，谁家都有老人，谁都有老的时候，谁都有饿的时候，谁都有钱紧甚至是一分钱让尿憋死的时候。

老头儿垂下头，不再看我。我埋下头来，吃那小半盘的剩饺子，也不敢再望他，我不知道此刻他在想什么，但生怕我的目光总落在他的身上会让他觉得尴尬。有时候，只能让人感慨生活现实的冷漠，比窗外的寒风还要厉害，人与人之间的隔膜，如今是越来越深了，并不是一碗米饭、几两饺子就能够化解的。

很快，也就是那小半盘剩饺子快要吃完的工夫，只听姑娘一声喊："您的米饭和饺子来了。"便把一碗米饭和三两热腾腾的饺子端在我的桌子上，同时也把老头儿的那一碗米饭端在桌上。可是，抬头的时候，我和姑娘都发现，对面的老头儿已经不在了。

其实，只是上一碗米饭的时间。

# 沙湾古镇即景

从广州去沙湾古镇那天的路上，下了一场雨，虽是阵雨，但那一阵下得挺大的。到达古镇的时候，雨停了，挺善解人意的。

沙湾古镇在番禺，如今，番禺成了广州的一个区，从市内坐地铁倒一趟公交车就到，不远，很方便。不是节假日，古镇很清静，走到留耕堂前，人多了起来。留耕堂，是何家宗祠，何家在古镇有不少宗祠。岭南一带，宗祠文化传统悠久，它维持着宗族的团结、信仰以及文化的传承。何家是古镇大户，一家三人中举，其中一位还当了朝廷的驸马爷，声望在古镇绵延长久。留耕堂最早建于元代，现在堂皇阔大的建筑，是清康熙时重建的。留耕堂前，是一片轩豁的广场，成为古镇的中心，留耕堂便当之无愧地成为古镇的地标。

广场四周，几乎布满了画画的学生，一打听，是从广州专门来这里写生的。小马扎上，坐着一个个年轻的学生，稚气的面孔和画板上稚嫩的画作相互辉映，成为那一天古镇的一道别致的风景，为古镇吹来年轻的风。

我最爱看人写生。面对活生生的景物，取舍的角度，感受的光线，挥洒的色彩，个人想象的填充，每个人都不尽相同，非常有趣。这些学生千篇一律都在画水粉画，大概是老师的要求。晚秋雨后的阳光，湿润而温暖，照耀在这些学生的身上、画布上和水粉盒子上，跳跃着五彩斑斓的光斑，让古镇那一刻如诗如画，显得那么幽静和美好。

这时候，忽然广场上嘈杂起来，有学生从马扎上腾地站起来，有的跑向广场那一侧，有的惊慌失措地望着那一侧。我也朝那边望去，那边靠道口是一排房子，有小店，有住家，住家大门旁边是一扇落地的卷扇拉窗。窗上有一道凉棚，凉棚下摆着一溜画架、马扎，还有水粉盒、调色的水杯和书包。就看见一个中年男人，气哼哼地从家门出来，不由分说，将这些东西一件件抄起，噼里啪啦地朝前面的广场扔去，立刻一片狼藉，慌乱的色彩涂抹了一地。

有几个学生纷纷跑了过去，想阻止这个男人近乎疯狂的举动，但杯水车薪，哪里阻止得了腾腾火苗的燃烧。那个男人依旧发疯似的扔东西，一个画架正好砸在一个女学生的脑袋上，我看见她委屈地哭了起来，蹲下来，拾起自己的画架和水粉盒，紧紧地抱在怀里。

一位镇子上的女人骑着摩托车过来，指责着这个男人，骂他衰仔！

一个男子骑着自行车过来，放下车，走到这个男人的面前，给了他一巴掌：怎么可以这样？

这个男人不动了，也不说话，站在那里，呆若木鸡。

那个女人和那个男子向学生解释，他的脑子有毛病，独立生活都成问题。然后，指着他的房子又说，这房子都是政府出钱帮他新盖的。

本来拿出手机要报警的学生放下了手机。能和精神病人掰扯清什么呢？那个女学生还在无声地哭泣。有女同学搂着她的肩膀，安慰着她。

在学生们的议论中，我听明白了，刚才下雨的时候，学生们到凉棚下躲雨，一时没有来得及将画具移走，就发生了刚才的一幕闹剧。

女人和男人把学生和那个男人劝开，几个学生把扔出去的画具和马扎拾起，远离凉棚，到别处写生去了。广场上，又恢复了刚才的平静。阳光依旧湿润而温暖地照耀着，洒在广场上一片金光。只有那一片被泼洒出的水粉和水搅和在一起的色彩，显得那样杂乱无章，像一幅荒诞派的画。

和江南古镇相比，这里没有水系的环绕，由于经过南宋到元明清几代，建筑风格更为丰富，破坏和改变得不多。老街纵横交错，地理肌理清晰犹存，石板路的沧桑还在。除个别人家变为店铺，大多院落依旧保持着原来的烟火气，商业气息还没有那么浓重不堪。细细走走，有一种依稀梦回前朝的感觉。

我在古镇转了一圈，又回到留耕堂前的广场。留耕堂门前一侧，齐刷刷坐满一排学生，对着前面的广场、小店、老街，以及更前面一些的池塘、露出镬耳式的山墙一角，在写生。

在这一群学生里，我看到了刚才哭泣的那位女学生，我看见她画架的画纸被撕开了一道大口子，她依然坚持在上面画。我站在她的身后，仔细看了看她的写生画，她画的是对面那个脑子有毛病人家的房子，左边是那扇家门，右边是有卷窗的凉棚，凉棚旁边，她多画了隔壁店铺前摆放的一盆花，红艳艳的三角梅开得正旺。

卷五

# 人生的标准

生命平衡的力量，其实就是我们平常生活的定力，是我们琐碎人生的定海神针。

# 曲线是上帝的

星期天，我家来个小客人，是个四岁多一点的小男孩。大人们兴奋地在聊天，冷落了他，他显得很寂寞，大人们越来越高兴，他却噘着嘴越来越不高兴。我便和他一起玩，我问他会画画吗，他冲我点点头。我拿来纸笔给他，他毫不犹豫，信心十足，上来大笔一挥，弯弯曲曲的线条占满了纸上上下下的空间，仿佛他在拿水龙头肆意喷洒，浇湿了花园里所有的地皮和他自己湿淋淋的一身。

他的家长拿过纸一看，责怪他："你这是瞎画的什么呀！"我赶忙说："孩子画得不错。"便帮孩子在纸的顶端弯弯的曲线之间画了一个小黑点，立刻，孩子兴奋地叫道："鸟！"是的，孩子笔下看似乱七八糟的曲线，瞬间就活了似的，变成了一只抖动着漂亮大尾巴的鸟。是动物园里从来没有见过的鸟，是我们大人永远画不出来的鸟。

我相信任何一个孩子都是一个画家，他们笔下任意挥就的曲线，就是一幅充满童趣的画，我们在毕加索变形的和米罗抽象的画中，都能够找到孩子们挥洒的曲线的影子。比起直线来，曲线就有这样神奇的魔力和魅力，它将万千世界化繁为简，浓缩为随意弯曲的线条，有了柔韧的弹性和想象力。

所以，与毕加索和米罗是老乡的西班牙最著名的建筑家高迪曾经说过：“直线是人为的，曲线是上帝的。”

曾经听说过曲线属于女人，却从来没有听说曲线属于上帝，在高迪的眼里，曲线如此至高无上。现在想想，高迪说得真有道理。大自然中，你见过有直线存在吗？常说笔直的大树，其实是夸张的形容，树干也是由些微的曲线构成，才真的好看，就更不用说起伏的山脉、蜿蜒的河流，或错落有致的草地花丛、鸟飞天际那摇曳的曲线。巴甫洛夫说动物都知道两点之间直线距离最短，其实两点之间动物跑出的从来不会是一条直线，雪地里看小狗踩出了那一串脚印，弯弯曲曲的，才如洒下一路细碎的花瓣一样漂亮。

去年，我在贝尔格莱德看一个现代艺术展，展览馆外先声夺人立着第一件展品，是在本来应该爬满花朵的花架里，塞满了一大堆缠绕在一起的铁丝网，乱麻一般的铁丝网的曲线肆意而充满饱满张力地纠葛冲撞着，花架成为想要约束它们却又约束不了它们的一幅画框。在这样尖锐的曲线面前，你可以想象许多，为它取好多个题目。

没错，曲线是上帝的，这个上帝属于自然、艺术和孩子，因为只有这三者最容易接近上帝。

# 到天堂的距离

第一次读美国女诗人狄金森的诗，随便翻着书，像是占卜，翻到哪一页就是哪一页，翻到的是这样的一首：

到天堂的距离
像到那最近的房屋
如果那里有个朋友在等待着
无论是祸是福

这几句短短的诗，便再也没有忘记。是湖南人民出版社1984年版的《狄金森诗选》。一本灰绿色的封面。好诗，就像是漂亮的姑娘，留给人的印象总是深的。

到天堂的距离真的就那样近吗？只要那里有个朋友在等待着？

当时，我这样问自己。我的答案是肯定的。狄金森说出了我心里的话。

那时，我有一个朋友，他和我都在中学里当老师，我们都刚刚从北大荒回到北京。常常就是这样，有事没事，心里高兴了，心里烦恼了，都会相互地跑过来，不是我到他家，就是他到我家，不管是刮风，还是下雪，骑着一辆破自行车，跑了过来，远远地看见了屋里的灯光亮着，就会觉得那橘黄色的灯光像是温馨的心在跳动，朋友——不管对于我，还是对于他——都正在屋里等待着呢。

我们聚在一起，其实只是聊聊天，无主题地聊天，却曾经给予我们那样多的快乐。那时，我们都不富裕，唯一富裕的是时间。那时，我们哪儿也不去，就是到家里来聊天，其实是因为我们衣袋里实在“兵力”不足，不敢到外面去花费。一杯清茶，两袖清风，就那样地聊着，彼此安慰着，鼓励着，或者根本没有安慰，也不鼓励，只是天马行空、天南地北地瞎聊，一直聊到夜深人静，哪怕窗外寒风呼啸或是大雪纷飞。如果是在我家，聊得饿了，我就捅开煤火，做上满满一锅的面疙瘩汤，放点香油，放点酱油，放点菜叶，如果有鸡蛋，再飞上一圈蛋花，就是最奢侈的享受了，那是那段日子里我拿手的厨艺。围着锅，就着热乎劲儿，满满的一锅，我们两个人竟然吃得一点不剩。

其实，现在想想，那时候我们在一起聊天中所包含的内容也不见得多么高尚，并不是将精神将感情将心中残存的一份浪漫，极其认真而投入地细针密线缝缀成灿烂的一天云锦。虽然到头来做不成一床鸳鸯被面，毕竟也曾经闪烁在我们的头顶，辉映在我们的心里，迸发出一点星星的光芒，让我们眼前不曾一片漆黑。

我们也没有如现在的年轻人一样，讲究一番设计和规划乃至包装，让未来的日子脱胎于今日，让投入和产出呈一种正比上升的函数弧线，或者借助我们的关系滚雪球似的再发展一张新的关系网。没有，我们只是以一种意识流的聊天方式，以一种无知般的幼稚态度，以一种乌托邦的放射思维，度过了那一个又一个只有疙瘩汤相伴的日子。如果按照现在的标准，我们是颗粒无收，我们不仅浪费了时光，也浪费了赚钱和升迁的机遇。

但是，我依然想念那些单纯的只有疙瘩汤相伴的日子。我们心无旁骛，所以我们单纯，所以我们快乐；我们知足，所以我们自足，所以我们快乐。

夜晚，我盼望着他到我家里来，同样，他也盼望着我到他家里去。那时，我们没有电话，没有手机，没有金钱，没有老婆，没有官职，没有楼房。但是，那时，我们真的很快乐。往事如观流水，来者如仰高山，我们只管眼前，我们相互的鼓励，我们彼此的安慰，并不是如今手机短信巧妙编织好的短语，也不是新年贺卡烫金印制上的警句，更不是像现在一样，靠电话靠“伊妹儿”。我们只是靠着最原始的方法，到对方的家里去，面对面，接上地气，接上气场，让感情贯通，让呼吸直对呼吸。我们只是心有灵犀一点通，谈笑之中，将一切化解，将一切点燃。

记得那一次，我去他家，他正因为什么事情（大概是学校里的工作安排）而烦恼不堪，低着头，闷葫芦似的，一句话也不说。我拉着他出门骑上自行车，跟我一起回家。一路顶着风，我们都没有说话，回到家，我做了一锅疙瘩汤，我们围着锅，热乎乎地喝完，他又开始说笑起来，什么都忘了，什么也都想起来了。

记得那一次，我的母亲突然去世，想起母亲在世时的一桩桩往事，想起自己年轻时候的不懂事而让母亲伤心，我正在悲痛欲绝而渴望有一个可以倾诉的人。怎么这么巧，他推门走进我的家，像是知道我的渴望一样。他就那么安静地坐在我的面前，听我的倾诉，一直听我陈芝麻烂谷子地讲完。他没有安慰我，那时候，倾听就是最好的安慰。我连一杯水都忘了给他倒，他知道，那时候，我需要的和他需要的是什么。

什么是天堂？对于不同的人，这个世界上有不同的天堂。对于我们，这就是天堂。狄金森说得对：

到天堂的距离
像到那最近的房屋
如果那里有个朋友在等待着
无论是祸是福

二十年过去了，我现在想起这首诗，总忍不住想起另一个诗人的另一首诗，是诺贝尔奖的获得者爱尔兰人谢默斯·希尼，他这样写道：

你就像有钱人听到一滴雨声
便进了天堂

都是天堂，有的在有钱人那里，有的在有朋友等待的屋里。天堂距离，哪个远？哪个近？

# 生命平衡的力量

不知道你相信不相信，无论什么样的生命，在短促或漫长的人生中都需要平衡，并且都会在最终得到平衡的。漂亮的白雪公主自然有其漂亮面庞的如意，却也有后母的嫉妒、派人追杀，以及毒梳子和毒苹果危险等的不如意；不漂亮的灰姑娘自然有其悲惨的种种命运，却也有其终成正果的美好回报。眼睛失明，意大利的安德烈·波切利却成为著名的盲人歌唱家；腿残疾了，爱尔兰的克里斯蒂·布朗却用唯一能够活动的左脚敲打键盘，成为著名的作家。个子高的，如姚明，自然成就了他的事业，他可以到美国的NBA去打篮球，风光无限；个子矮的，就一定不如个子高的吗？如拿破仑，按现在的标准大概得是二级残废了，但却不妨碍他成为盖世的英雄。

这就像《红楼梦》里所说的：大有大的难处，小有小的好处。这也就像《伊索寓言》里所讲的：高高的长颈鹿可以吃得着高高树枝头上的叶子，却没办法走进院子中矮小的门；矮矮的山羊吃不着高高树枝头上的叶子，却轻而易举地走进了矮小的门。

懂得了生命中的这一点意义，不仅是让我们不必为我们自身的长处而骄傲，不必为我们自身的短处而悲观；也不仅是让我们知道拥有再多，总会有失去的时候，失去得再多，总会得到补偿的机会；更重要的是，让我们充分体味到生命其实是一条流淌的河，乱石穿空，惊涛拍岸，卷起千堆雪，是生命中的一种情景；潮平两岸阔，风正一帆悬，也是生命中的一种情景；一条河在流淌的过程中，不可能总是前一种风景，也不可能总是后一种风景，它要在总体流量的平衡中才会向前流淌，一直流入大江大海。因此，我们不必去顾此失彼，我们不必去刻意追求某一点，从而在这样生命的平衡中，让我们的心态更加从容，让我们的生活更加平和，让我们的人生更加是一幅舒展的画卷。

今年我去土耳其，遇见被称为土耳其首富的萨班哲先生。说萨班哲先生是土耳其的首富，并不虚传，并不夸张，在大街上所有跑的丰田汽车，都是他家生产，凡是有蓝底白字SA字母牌子的地方，都是他家的产业，凡是有蓝底白字SA字母商标的东西，都是他家的产品。在土耳其，SA的标志，触目皆是；萨班哲的名字，家喻户晓。

如此富有的人，却也有命运不济的地方，他的两个孩子，一个儿子，一个女儿，都是智力残疾。命运，就是和他这样开着残酷的玩笑。他却以为这其实就是生命给予他的一种平衡，而不去怨天尤人。他的想法，和我们古人的想法很有些相似之处：月有阴晴圆缺，人有悲欢离合，好事古难全。想到生命这样的一点平衡的意义，他的心也就自然平衡了。命运在一方面给予他别人无法企及的财富，在另一方面给予他对比如此触目惊心的惩罚。他想开了，惩罚也可以变成回报，两者之间沟通的桥需要的就是生命的平衡力量。他便将他那么富裕的钱，不是仅仅为了留给他的两个孩子，而是在伊斯坦布尔修建了一座残疾人的公园，公园里所有的器械都是为残疾人专门设计的，就连游乐场上的摇椅，都有供残疾人不用离开轮椅而自动坐上坐下的装置。他希望以自己能够做到的事情来平衡更多残疾人不如意的生活，从而使自己不如意的生活达到新的平衡。

萨班哲先生已经七十有余，如此富有，其实一生却非常抠门，传说他一直到现在，依然是一天只抽一支雪茄，上午和下午各半支；依然是一天只喝一小杯威士忌，是在一天工作完太阳下山之后坐下来喝。但到了该花钱的时候，他却一掷千金，如伊斯坦布尔的这座残疾人公园。他在富有和贫穷、健全与残疾、得到与失去中寻找到了自己的平衡。

那天，我们去参观以他的名字命名的萨班哲博物馆。博物馆就建在博斯普鲁斯海峡的岸边，进去可以观各种名画，外面可以看海水蔚蓝、海鸥翩翩和博斯普鲁斯大桥的巍峨壮观，真是非常漂亮。这里原来是他的私人住宅，他捐献出来改建成了博物馆。在这座博物馆里，最有趣的是在一间陈列室里，挂的全部是萨班哲先生的漫画。是萨班哲先生请来土耳其的漫画家们，让他们怎么丑怎么画，越丑越好，画成了这样满满一屋子的漫画。有时候，他到这里来看一屋子包围着他的、画着他的那一幅幅丑态百出的漫画，他很开心，他在这里找到了在外面被人或鲜花或镜头所簇拥着、恭维着的所没有的平衡，他在这里找到了在两个智力残疾孩子给予他痛苦中所没有的欢乐。萨班哲先生真是洞悉了世事沧桑，彻悟到了人生三昧。他实在是一个智慧的老头儿，懂得平衡的艺术真谛。

我们能够拥有他这样洒脱而潇洒的心态吗？我们能够拥有他这样宠辱不惊的自我平衡的力量吗？如果我们也一样拥有，我们的人生就会和萨班哲先生一样过得充实而愉快，而不会因为一时的得意而忘乎所以，因一时的失意而绝望到底，我们便和萨班哲先生一样在世事的跌宕中历练自己，在生命的平衡中体味到人生的意义。

人的一生，从来不可能不是天堂就是地狱、非此即彼的选择，而总是在这两者之间有一种平衡力量的显示。这样，我们的生命处于一种能量守恒状态中，而对生活中所呈现出的极端才不会或得意忘形或惊慌失措，比如：有时候我们会处于睡眠状态，有时候我们会处于亢奋状态；有时候我们会如孔雀开屏四面叫好，有时候我们会如老鼠钻木箱两头挨堵；有时候我们需要抹龙胆紫，有时候我们需要搽变色口红；有时候我们需要开塞露，有时候我们又需要润肤霜……生命就是在这样的阴阳契合、内外互补、得失兼备和相辅相成中达到平衡。寻找这样的平衡，便能寻找到生活的艺术，寻找到生命和人生的意义。生命平衡的力量，其实就是我们平常生活的定力，是我们琐碎人生的定海神针。

# 寂寞不是一个漂亮的标签

梭罗曾说："寂寞有助于健康。"但是，现代人最难忍受的恐怕就是寂寞了。

梭罗还曾经用诗一样的语言说："我并不比一朵毛蕊花或牧场上的一朵蒲公英寂寞，我不比一张豆叶，一枝酢浆草，或一只马蜂更寂寞。我不比密尔溪，或一只风信鸡，或北极星，或南风更寂寞，我不比四月的雨或正月的融雪，或新屋中的第一只蜘蛛更寂寞。"

是的，我们不比它们寂寞，但我们却显得比所有的一切都要难以忍受寂寞。即使我们把自己关进房子里，足不出户，电视和互联网乃至手机短信息，早已经联系了外面的大千世界。现代生活的躁动会无孔不入，一点点信息就可以把我们打得人仰马翻，一只小虫子就可以把我们的心叮咬得千疮百孔，我们时时都如同热锅上的炒豆儿，总是急火攻心一般情不自禁地蹦跶，还以为自己是在得意地跳芭蕾。

即使我们盖了越来越多的所谓亲水住宅或田园别墅，即使我们住了进去，周围却只是仿制的人造景观而已，我们离那种田园生活依然太遥远，离大自然就更遥远，“暧暧远人村，依依墟里烟”，还只是梦里的幻景而已。现代生活创造出来现代化的同时，创造出来的种种诱惑，更是寂寞无可抵挡的。面对这些诱惑，寂寞只是太古老的稻草人，在风中起舞，徒留下好看的样子，吓得走麻雀，却吓不走飘过来又飘过去的云彩和热辣辣的阳光。

寂寞其实是一种心境，所谓心静自然凉，心远地自偏，就是这个意思。心境是由精神所营造的，就像鸟巢是由草搭起来的，海滩是由沙冲积而成的，云是由水雾凝结而成的。并不是什么精神都能够营造出来寂寞的心境的。寂寞不是保守，不是退隐，不是防空洞，不是与世隔绝，不是无所事事，不是中国士大夫独有的酸腐诗文。寂寞是放松，是轻松，是安贫气全、心清气爽的升华，是脱离复杂而廉价人际关系的沉思，是心与心默契而惬意的对话，是走出地平线之外的远游。

因此，寂寞天然是和大自然联系在一起的。脱离开大自然的熏陶和培植，寂寞只是赝品。

梭罗之所以敢说寂寞，是因为他有他的大自然，瓦尔登湖是他寂寞的栖息地。我们很多人也趋之若鹜奔向大自然，哪怕买到临水靠山的房子，却买不到寂寞，说是回归自然，却只是自己镶嵌在乡间的一个漂亮的标签。即使我们跑到了瓦尔登湖，却只是观光时的挂角一将，带回来许多张漂亮的照片和一本梭罗的旧书，寂寞却依然远远地沉在湖底，瓦尔登湖只属于梭罗。

# 简洁是最美的生活

简洁不是简单。简单，有可能是贫乏或单薄，甚至有可能是可怜巴巴的寒酸。简单，如同枯树枝子，只能够用来烧火，别无他用。

简洁也不是我们传统意义上所谓艰苦朴素中的朴素。朴素，当然也是一种很好的品质，但朴素很可能是洗旧了的衣服，被阳光晒得发白而缺少了应该具有的色彩。

简洁的洁，不仅仅是干净的意思，这里的洁，包括美的意味。因此，对比简单或朴素，简洁体现更多的是美，而这种美不是唐朝的美人那种臃肿肥胖的美，是那种以简洁的线条所勾勒出来的现代美。

简洁所呈现出的美，是齐白石和八大山人用最少的笔墨留出最大的空白所画出的写意式的美，是米罗和蒙德里安以干净爽朗的线条色彩和几何图形所构筑的象征性的美。

“忽如一夜春风来，千树万树梨花开”，不是简洁；“行到闹荷无水面，红莲沉醉白莲酣”，更不是简洁。“两个黄鹂鸣翠柳，一行白鹭上青天”，就是简洁；“一去两三里，烟村四五家”，就是简洁。

简洁，对应的不仅是物化的奢侈豪华，同时也是精神的杂乱无章。千树万树，沉醉酣醉，正是生活坐标系简洁所对应的那奢靡的一极。现代的生活，拜物教的侵蚀，犬儒主义的盛行，人们越来越崇尚物质的占有和享乐，酒池肉林，娇妻美妾，香车豪宅，千金买笑，百杯买醉……欲望像是追求的无底洞，贪婪成了成功的光荣花，赚钱变为了人生第一的需要和幸福的唯一标志。人为物役，钱为君主，心被挤压得千疮百孔、尘垢重重，离简洁怎么能不越来越远？甚至以简洁为丢脸而不屑一顾，视简洁为简单而不值一提，就是很自然的事情，一点不足为奇。

不要说那些贪官污吏，那些大款富婆，他们的日子已经发霉，他们生活的字典里早没有了简洁的字眼，酒嗝中散发着腐臭的气味。就是在我们普通人的日常生活中，和简洁也越来越背离，将简洁越来越遗忘，这是非常可怕的事情。

在我看来，起码有这样三点，一是我们的吃饭，越发变得繁文缛节起来，为吃饭花的心思、浪费的人力物力，不计其数，偏偏还美名为食文化，一顿年夜饭可以花上上万元钱，即使是一块中秋节的月饼也可以卖上几千元钱，铺排得淋漓尽致，却要打文化的牌，拿文化来说事，让心里自我安慰。

一是房屋的装修，越发不知节度，一座新房，不拆得大卸八块不解气，不闹出惊天动地的动静不罢休，美其名曰“设计”，巴洛克雕饰罗马柱，红木家具羊皮欧式灯，中不中洋不洋的堆砌，消化不良的煊赫，以豪华以金碧辉煌为美为荣，而不惜满屋子如赘肉鼓胀拥塞，让甲醛尽情弥漫。

一是女人的打扮，脸上化妆的脂粉越发厚重，走起路来粉末飞扬，手上脚上的金银饰品越发繁多，不走路都叮咚作响，不是为了点缀而是为炫耀，自然忘记了契诃夫早就说过的“人应该一切都要美”的名言，便也就更容易和简洁背道而驰，以为这样的生活就是我们所期望的幸福和美的生活。

当然，就不要说花费越来越昂贵的婚礼，据统计，天津市年轻人的婚礼最高可达几十万元人民币，最少也要四万多元；也不要说今年年初的巴西国脚和夏天皇家马德里来华的足球比赛，花费的人民币更是天文数字，那种前呼后拥、礼仪热情过度的表现了。因为那实在是离我们所说的简洁更是十万八千里，前者已经完全不是为了生活本身，所有奢侈的花销都只成为一种象征的符号；而后者只是一场“秀”，不仅脱离了简洁也脱离了足球自身，不过是为了钱的一种商业运作。

简洁的生活，看似简单，其实是多么的不容易做到，即使我们只是普通人。因为我们就被这样崇尚奢华、制造奢靡、繁衍奢侈的生活包围其中，“暖风熏得游人醉，直把杭州作汴州”，要想跳出这样的包围，该需要多么坚定的定力。

这种定力，就是要求我们认定：简洁的生活，其实是最美的生活，这是因为这种美里包含着对现代越发堕落的生活的沉淀，沉淀下那些侵蚀我们的杂质和腐蚀剂。

简洁，有时能够产生意想不到的奇迹。就像毫不值钱的麦秸，简洁几下，可以做成漂亮的麦秸画；就像毫不起眼的石头，简洁几斧头，可以做成精美的雕塑；就像毫无色彩的芦苇，却可以做成洁白的纸张；就像毫无分量的竹子，只要简洁地凿几个眼，可以做成能够吹出美妙旋律的笛子。

没错，简洁的生活，其实是以少胜多的生活，少的是我们对物质的贪得无厌，多的是对心灵和精神自由展开的空间，让我们的心里多一些音乐般美好的旋律。

简洁，看起来是生活的一种方式，是审美的一种要求；其实，更是现代精神自由的一种体现，是价值系统平衡的一个支点。

# 布拉格寓言

在捷克首都布拉格，维谢赫拉德是一道著名的景观，当年音乐家斯美塔那在他闻名天下的交响组诗《我的祖国》里，第一首就是以它的名字为题的《维谢赫拉德》。如今，它是有名的名人公墓，也是一座美丽的公园，位于伏尔塔瓦河的西岸，站在那里，布拉格在脚下一览无余，气势确实不同凡响。

走出墓地，门前有一丛小树林，林边有三根长圆形长短不一的柱子，交叉斜倚在一起，很随便的样子，仿佛走累的游人相互背靠着背、肩搭着肩在歇息。一般不注意，谁也不会想到它们是什么东西，很容易忽略它们而走开。我们的翻译鲁碧霞小姐拉住了我们，告诉我们如果维谢赫拉德是布拉格的一景，它们就是维谢赫拉德的一景，并要我们猜这是三个什么东西？我们谁也没猜出来。她告诉我们是三根蜡烛，传说为考验一个从罗马跑到这里来的牧师（大概也是如我们一样到这里来游玩的），魔鬼特意在这里点燃了三根蜡烛，如同我们这里的人逢庙就烧香磕头一样，牧师立刻对着蜡烛虔诚地念起了弥撒。魔鬼大概并不确定他念的是真经，打断牧师的经文对他说："蜡烛不灭的时候，你如果能跑回罗马，到了罗马你可以得到钱，也可以得到灵魂，你想要什么？"牧师说得痛快也实在："我要钱。"魔鬼一听大怒，把蜡烛立刻吹灭插进土里，就成了现在这个样子：三根东倒西歪的石柱。

其实，钱并不是什么罪恶，生活的提高，社会的发展，人的生存，离开了钱，都玩不转。从某种程度来看，钱是财富的替代象征，是能力的物化标准，是时代进步的凯旋门。令魔鬼无法忍受的是，在钱和灵魂的对比面前，牧师竟然毫不犹豫地就抛弃了灵魂而选择了钱。如此赤裸裸，灵魂都不要了，为了钱而疯狂，堕入钱的地狱；对钱格外膜拜，让道德向钱出卖贞操；对钱格外狂妄，让信仰向钱举起白旗吗？这样得到的钱，在魔鬼看来，比魔鬼还要可怕。

多少年过去了，魔鬼的担忧，并没有得到多少改观。曾经有过这样令人沮丧的例子，发生在宁波，警察要去抓捕赌徒，赌徒在大街上将十万元赌资天女散花般全部抛撒出去，过往的行人立刻蜂拥而至跑上前来，如鹅伸长了脖子面对从天纷纷而降的钱票子，短短不到几分钟的工夫，十万元钱被一抢而空。我们怎么可以责骂那位跑去罗马是为了要钱的牧师，要是魔鬼给我们同样的机会，我们和牧师的选择难道会不一样吗？我们跑向罗马的劲头和速度会比牧师差多少吗？

魔鬼的愤怒，是情有可原的。人们靠金钱赢得而创造幸福，世界靠物质积累而得到进步的同时，偏偏容易忘记：在貌似金碧辉煌的金钱之上，还有马克思所说的至今并没有过时的人类的良心和名誉。魔鬼所要求的比金钱更重要的灵魂，依然是今天我们做人起码的标准和底线。这样的要求并不过分，可我们已经越来越不相信灰姑娘一类的清贫的童话，也不再相信周粟一类清高的传说。于是，穷惯了、穷怕了、对钱鄙薄太久了、批判得太多的人们，一下子跳到另一极端，对钱有了一种久违的亲近感，忽如一夜春风来，千树万树再不是梨花开，而是钱眼大开、心眼大开，当然便不是什么奇怪的事情。

看来，维谢赫拉德的魔鬼已经彻底地看透了，人抵抗不住金钱的诱惑，人的灵魂已无可救药，才如此怒不可遏地将这三根蜡烛化为了三根石柱，成为人们的醒世恒言。

当然，这只是历代延续下来的一个传说而已。事实上，面对魔鬼，人可能并不会像牧师那么赤裸裸，会很冠冕堂皇，明说的（而且信誓旦旦）是去拿灵魂，真的跑到罗马拿回来的是钱。

事实上，这三根圆柱是根据阳光在它们身上折射的光线不同来计算时间的，很像我们的日晷。

将它们立在维谢赫拉德的墓地门前的死人与活人之间，立在逝去的光阴与现在的时间之间，是魔鬼有意在布拉格给予我们的一个寓言。在吃多了吃腻了吃惯了的甜腻腻的东西之后，我们需要魔鬼这样骨鲠在喉尖锐一些的东西。在数多了数惯了数得满手脏兮兮的钱票子之后，我们需要魔鬼这样愤怒的警告和戒示。

# 卷六

# 亲情是对抗残酷世界的良方

我们可以埋怨父母的娇惯和期待超重，却永远不该埋怨父母对自己的情感超重。

# 人生除以七

看罢英国导演迈克尔·艾普特的电视纪录片《56UP》之后，心里不大平静。这部纪录片，拍摄了来自伦敦的精英、中产和底层三种不同阶层的十四个人，自七岁开始，一直到五十六岁的生活之路。导演每隔七年拍摄一次，看他们的变化。七个七年之后，这些人五十六岁了，这么快就从童年进入了老年。一百五十分钟的电视，演绎了人生大半，逝者如斯，真的让人感喟。

我不想谈论这部纪录片所要表达的主旨。让我感兴趣的是，它选择了将人生除以七的方式来演绎并解读人生。为什么不是别的数字，比如五或六，而偏偏是七？不管有什么样对数字特别膜拜的深意或禅意，乃至宗教的意义，七，可以是一个很好的选择，让我也来一回这样的选择，将自己已经走过的岁月人生除以七，看看有什么样的变化。

不从七岁而从五岁开始吧。因为，那一年，我的母亲去世，我人生的记忆也就是从那时开始。记忆中那一年，夏天，院子里的老槐树洒落一地槐花如雪，我穿着一双新买的白力士鞋，算是为母亲穿孝。母亲长什么样子，一点印象也没有了，只记得姐姐带着我和两岁的弟弟一起到劝业场的照相馆照了一张全身合影，特意照上了白力士鞋，便独自一人到了内蒙古修铁路。那一年，姐姐十七岁。

七年之后，我十二岁，读小学五年级。第一次用节省下来的早点钱，买了我人生的第一本书，是本杂志——《少年文艺》，一角七分钱。读到我人生的第一篇小说，是美国作家马尔兹写的《马戏团来到了镇上》。那是马戏团第一次来到那个偏僻的小镇。那两个来自农村的小兄弟，没有钱买入场券，帮助马戏团把道具座椅搬进场地，换来了两张入场券。坐在场地里，好不容易等到第一个节目小丑刚出场，小哥俩累得睡着了。这个故事给我的印象那样深刻，小说里的小哥俩，让我想起了我和我的弟弟，也让我迷上了文学。我开始偷偷地写我们小哥俩的故事。

十九岁那一年的春天，我高中毕业，报考中央戏剧学院，初复试都通过，录取通知书也提前到达了。大学之门被命运之手关闭，两年后，我去了北大荒，把那张夹在印有中央戏剧学院红色大字的信封里的录取通知书撕掉了。

二十六岁，我在北京郊区当一名中学老师。那时我已经回到北京一年。是因为父亲突然脑出血去世，家中只剩下老母亲一人，才被允许回京的。熬过了近一年待业的时间，才得到教师这个职位的。和父亲一样，我也得了高血压，医生开了工作半天的假条。每天下午，我骑着自行车回家，写我的第一部长篇小说，取名叫《希望》。在那没有希望的年头，小说的名字像恶作剧一样，有一丝隐喻的色彩。

三十三岁，我"二进宫"进中央戏剧学院读二年级。那一年，我的孩子一岁了。孩子出生的那一年，我在南京为《雨花》杂志修改我的一篇报告文学，那将是我发表的第一篇报告文学。我从南京回到家的第二天，孩子呱呱坠地。

四十岁，不惑之年。有意思的是，那一年，上海《文汇月刊》杂志封面要刊登我的照片，电报要求立刻找人拍照寄去。我下楼找同事借来一台专业照相机，带着儿子来到地坛公园，让儿子帮我照了照片，勉强寄去用了。那时，儿子八岁，小手还拿不稳相机。照片晃晃悠悠的。

四十七岁，我调到了《小说选刊》杂志社。从大学毕业之后，我从大学老师到《新体育》杂志当记者，几经颠簸，终于来到中国作协这个向往已久的地方，以为是文学的殿堂。前辈作家艾芜和叶圣陶的孩子，却都劝我三思而行，说那里是名利场，是是非之地。

五十四岁，新世纪到来。我自己却乏善可陈。两年之后，儿子去美国读书，先在威斯康星大学读硕士，后到芝加哥大学读博士，都有奖学金，是他的骄傲，也是我的虚荣。

六十一岁，大年初二，突然的车祸，摔断脊椎，我躺在天坛医院整整半年。家人朋友和同事都说是大难不死，必有后福。我相信他们说的，我相信命运。福祸相依，我想起在叶圣陶先生家中曾经看过的先生隶书写的那副对联：得失塞翁马，襟怀孺子牛。

六十八岁，正好是今年。此刻，我正在美国印第安纳大学旁边儿子的房子里小住，两个孙子已经相继出世，一个两岁半，一个就要五岁，生命的轮回，让我想起儿子的小时候，却怎么也想不起自己的小时候是不是也是这样子。

人生除以七，竟然这么快就将人生这一本大书翻了过去。《56UP》中有一个叫贾姬的女人说："尽管自己是一本不怎么好看的书，但是已经打开了，就得读下去，读着读着，也就读下去了。"人生除以七，在生命的切割中，让人容易看到人生的速度，感受到时间的重量。流水带走光阴的故事，改变了一个人。漫漫人生路，能够有意识地除以七，听听自己，也听听光阴的脚步，看看自己，也看看历史的轨迹，是件有意思的事情。

# 佛罗里达小记

憋在家里一年有余，儿子一家到佛罗里达玩。这是疫情暴发以来他全家第一次出门。六月的天，还不太热，热带的花木繁茂，有海风轻吹，也算是惬意。车子开进一个州立公园，一辆车只要购买一张五美元的门票就可以长驱直入。开进公园不远，看见一片沙滩，蔚蓝的大海近在眼前了。

沙滩耀眼，海风习习，高高的椰林，还有星星点点的红花绿草，阳光下，迷离闪烁，风景不错。他们停在沙滩前照相，不远处走过来一家三口，显然，也是来玩的。这一家白人年龄都不算小，最小的大概五十岁，应该是女儿，老头儿老太太七十多岁或者八十岁了，两鬓飞霜，走路有些蹒跚了。

就见这个女儿向儿子一家走来，走到身边，热情地说："我帮你们全家照张相吧！"

美国人一般都很热情，特别是看见一家人或一对情侣在照相，愿意主动帮忙，成人之美。

公园本来就大，疫情闹的，游人稀少，更是难得相见。平常日子里，人和人之间面对面的交流，便也越发稀少，很多都是在网上或手机微信中交流了。即使到超市购物，也是在网上预订，再到超市自取，和超市人员都互不见面。人生不相见，动如参与商。遥远的距离，彼此的交流，如今可以由高科技缩短或替代，却总感到抵不上面对面的交流，这便像是戴着手套握手、戴着口罩亲吻一样，失去了真实空间里那种亲近的温馨，即使是对方的说话，都感受不到说话时空气的震动和气息的扑面了。

这样的日子里，萍水相逢的交流，哪怕只是短暂一瞬，也显得亲切而珍贵，尤其是有人主动向你走来。人注定是不需要孤独的，“孤舟蓑笠翁，独钓寒江雪”，只是诗里面的描写，或者一种非凡人能至的境界。

疫情一年多以来，儿子一直闭门宅家，他在大学里教书，给他的学生上课，也都在线上，和他们没有见面，更很少和外界尤其是陌生人交流。走过来的这个女人热情的话，让他感到亲切，他说了句谢谢，把手机递给这个女人。

女人替他全家照完相，儿子投桃报李对她说：“我给你们全家也照张相吧！”

“好啊！”女人高兴地说，把手机递给儿子。

手机上出现了这一家三口，微笑着，背后是金色的沙滩、蓝色的大海、高高的椰林，还有叫不出名字的星星点点的小红花，一闪一闪，像跳跃着好多小精灵。

照完相，女人走过来，从儿子手里接过手机时，有些兴奋地对他说：“昨天是我五十岁的生日。每年过完生日的第二天，爸爸妈妈都会和我一起到这里来照张相，这是我的第五十张照片！”

然后，她又说：“今天还怕公园里见不到人呢，正好遇见了你！”

电话里，听完儿子的讲述，我很感动。五十年，不是每一个人都有这样的坚持。这不仅需要做孩子的一个人的坚持，还需要父母的坚持。这不仅需要坚持，更需要一家人的心心相印，才会让亲情如水贯通，潺潺流淌过五十年的时光，让五十张照片伴随岁月一起久长。哪怕是再不如意的生活，也有了属于自己的姿态、自己的纪念。

我忽然想起在美国黄石公园发生过的一件事情。那里有一个很深的深谷，年轻力壮的人，上下一个来回，也得需要大半天的时间。一位父亲从年轻时每年生日那一天都要来这里一次，下到这个深谷的谷底，然后再爬上来，这是他给自己每年生日的一份独有的纪念。这一年，父亲老了，实在无法再在深谷中爬上爬下了。但是，他依然来到了这里，他的儿子跟着他也来到了这里。父亲无法上下深谷了，儿子替他父亲到深谷中来回一次。生命的轮回，在坚持中，在亲情中呈现。

我问儿子还记得这件事吗？他听后没有说话。我知道，他和我一样感动。这件事，是十多年前，他第一次去黄石亲眼看到后告诉我的。

疫情再如何疯狂，隔离再如何无奈，亲情是对抗这个残酷世界而慰藉我们的有效良方。

# 机场的拥抱

在南京机场候机回北京，来得很早，时间充裕，坐在候机大厅无所事事，看人来人往。到底是南京，比北京要暖，离立夏还有多日，姑娘们都已经迫不及待地穿上短裙和凉鞋了。坐在我对面的女人，看年纪有三十多了，也像个小姑娘一样，穿着一件齐膝短裙，在和节气，也和年龄赛跑。

来了一对年老的夫妇，坐在我身边的空座位上。听他们一口纯正的北京话，就知道是老北京人。他们说话的声音有些大，显然是丈夫的耳朵有些背了，年龄不饶人。但看他们的年龄，其实也就七十上下，并不是太大。听他们讲话，是在苏州、无锡、镇江转了一圈，从南京乘飞机回北京。

忽然，我发现他们的声音变得小了下来。这样小的声音，妻子听得见，丈夫却听不清楚了。但是，妻子依然压低了嗓音在说话，只不过嘴巴尽量贴在了丈夫的耳边。我隐隐约约听见的话，是“真像”“太像了”。他们反复说了几遍，不尽的感叹都在里面了。

声音可以压低，像把皮球压进水底，目光却把心思泄露出来。顺着这对老夫妇的目光，我发现目光如鸟一样，双双落在对面坐的这个女人的身上。

我才仔细地看了看这个女人，发现她的黑色短裙和天蓝色长袖T恤，还有脚上的一双白色耐克运动鞋，很搭。还有她的清汤挂面的齐耳短发，也很搭。当然，和她清秀的身材更搭，很像一位运动员。刚才只看到她的短裙，其实，短裙并不适合所有的女人。在她的身上，短裙却画龙点睛，让一双长腿格外秀美。

很像，这个女人很像谁呢？心里便猜，大概是像这对老夫妇的女儿吧？天底下，能够遇到很相像的一对人的概率并不高。刚看完电视剧《酷爸俏妈》，都说里面的演员高露长得极像高圆圆。这个女人，一定让这对老夫妇想起了自己的什么亲人。否则，他们不会这样悄悄地议论，声音很低，却有些动情。能够让人动情的，不是自己的亲人，又会是谁呢？

我看见，妻子忽然掩嘴“扑哧”一笑，丈夫跟着也笑了起来。我猜想，笑肯定和对面这个女人有关，只是并没有惊动这个女人，她依然跷着秀美的腿在看手机，嘴角弯弯的也在笑，但她的笑和这对老夫妇无关，大概是手机上的微信或朋友圈有了什么好玩的段子或信息。

“要不你去跟她说一下？”“你去说吧，我一个老头子，怪不好意思的……”我听见老夫妇的对话，看着妻子站起身来，回过头冲着丈夫说了句：“什么事都是让我冲锋在前头！”便走到对面的女人的身前，说了句：“姑娘，打搅你一下！”那女人放下手机，很礼貌地立刻站起来，问道：“阿姨，您有什么事吗？”“是这样的，你长得特别像我们的女儿。”说着，妻子打开自己的手机给这个女人看，大概是找到自己的女儿的照片，这个女人禁不住叫了起来：“实在是太像了！怎么能这样像呢！”我忍不住看了一眼身边的这位丈夫，一直笑吟吟地望着这女人。

“我们想和你一起照张相，不知道可以不可以？”妻子客气地说。“太可以了！待会儿我还得请您把您女儿的照片发我手机上呢！”

丈夫站了起来，走到这个女人的身边，妻子冲我说道：“麻烦你帮我们照张相！”说着，把手机递在我的手中。我没有看到手机上的照片，不知道他们的女儿和他们身边的这个女人到底有多像，但从他们的交谈中知道女儿十多年前去美国留学，毕业后留在美国工作，工作忙，孩子又刚读小学离不开人，已经有五年没有回家了。思念，让身边的这个女人像女儿的指数平添了分值。

照完了相，我把手机递给了妻子的时候，听见丈夫对这个女人说了句：“孩子，我能抱你一下吗？”女人伸出双臂紧紧地拥抱住了他。我看见，他的眼角淌出了泪花。我没有想到的是，那一刻，这个女人也流出了眼泪。

# 喝得很慢的土豆汤

那天下午两点多，我和妻子路过北大，因为还没有吃午饭，忽然想起儿子曾经特意带我们去过的一家朝鲜小馆就在附近，离北大的西门不远，一拐弯儿就到，便进了这家朝鲜小馆。

大概由于早过了饭点儿，小馆里没有一个客人，空荡荡的，只有风扇寂寞地呼呼吹着。一个服务员，是个胖乎乎的小姑娘走了过来，把我们领到靠窗的风扇前让座坐下，说这里凉快，然后递过菜谱问我们吃点儿什么。我想起上次儿子带我们来，点了一个土豆汤，非常好吃，很浓的汤，却很润滑细腻，微辣中有一种特殊的清香味，湿润的艾草似的撩人胃口。不过已经过去了两个多月的时间，我忘记是用鸡块炖的，还是用牛肉炖的，便对妻子嘀咕："你还记得吗？"妻子也忘记了。儿子在北大读书的时候，常常和同学到这家小馆里吃饭。由于是二十四小时营业，价格和朝鲜风味又都特别对他们的口味，非常受他们的欢迎，对这里的菜当然比我们要熟悉。大学毕业，儿子去美国读研，放假回来，和同学聚会，总还要跑到这里，点他们最爱吃的菜。可惜，儿子假期已满，又回美国接着读书去了，天远地远，没法子问他了。

没有想到，小姑娘这时对我们说道："上次你们是不是和你们的儿子一起来的，就坐在里面那个位子？"她说着一口浓郁的东北话，用胖乎乎的小手指了指里面靠墙的位子。

我和妻子都惊住了。她居然记得这样清楚，那时，我们和儿子确实就坐在那里。

我更没有想到的是，她接着用一种很肯定的口气对我们说："那次你们要的是鸡块炖土豆汤。"

这样的肯定，让我心里相信了她，不过还是开玩笑地对她说："你就这么肯定？"

她笑了："没错，你们要的就是鸡块炖土豆汤。"

我也笑了："那就要鸡块炖土豆汤。"

她望望我和妻子，像考试成绩不错得到了赞扬似的，高声向后厨报着菜名："鸡块炖土豆汤！"高兴地风摆柳枝走去。

刚才和小姑娘的对话，让我和妻子在那一瞬间都想起了儿子。思念，变得一下子那么近，近得可触可摸，就在只隔几排座位的那个位子上，走过去，一伸手，就能够抓到。两个多月前，儿子要离开我们回美国读书的时候，特意带我们到这家小馆，让我们尝尝他和他的同学的青春滋味。那一次，他特别向我们推荐了这个鸡块炖土豆汤，他说他和他们同学都特别爱喝，每次来都点这个土豆汤，让我们一定要尝尝。因为儿子临行前的时间安排得很满，我和妻子知道，那一次，也是他和我们的告别宴。所以，那一次的土豆汤，我们喝得格外慢，边聊边喝，临行密密缝一般，彼此嘱咐着，诉说着没完没了的话，一直从中午喝到了黄昏，一锅汤让服务员续了几次汤，又热了几次。许多的味道，浓浓的，都搅拌在那土豆汤里了。

不过，事情已经过去了两个多月，我都忘记了到底喝的什么土豆汤了，这个胖乎乎的小姑娘居然还能够如此清楚地记得我们喝的是鸡块炖土豆汤，而且记得我们坐的具体位置，真让我有些奇怪。小馆二十四小时营业，一直热闹非常，来来往往那么多的客人，点的那么多不同品种的菜和汤，她怎么就能够一下子记住了我们，而且准确无误地判断出那就是我们的儿子，同时记住了我们要的是什么样的土豆汤？这确实让我好奇，百思不解。

汤上来了，鸡块炖土豆汤，浓浓的，热气缭绕，清香味扑鼻，抿了一小口，两个多月前的味道和情景立刻又回到了眼前，熟悉而亲切，仿佛儿子就坐在面前。

“是吧，是这个土豆汤吧？”小姑娘望着我，笑着问我。

“是，就是这个汤。”

然后，我问小姑娘：“你怎么记得我们当初要的是这个汤？”

她笑笑，望望我和妻子，没有说话，转身走去。

那一天下午的土豆汤，我们喝得很慢。

结完账，临走的时候，小姑娘早早地等候在门口，为我们撩起珠子穿起的门帘，向我们道了声再见。我心里的谜团没有解开，刚才一边喝着汤一边还在琢磨，小姑娘怎么就能够那么清楚地记得我们和儿子那次到这里来吃饭坐的位置和要的土豆汤？总觉得一定是有原因的。那么，是什么原因呢？是因为那一次我们的土豆汤喝得太慢，麻烦让她来回热了好几次的缘故，让她记住了？还是因为来这家小馆的大多是附近年轻的大学生，一下子出现我们这样大年纪的客人，显得格外扎眼？我不大甘心，出门前再一次问她：“小姑娘，你是怎么就能记住我们要的是鸡块炖土豆汤的呢？”

她还是那样抿着嘴微微地笑着，没有回答。

我只好夸奖她：“你真是好记性！”

一路上，我和妻子都一直嘀咕着这个小姑娘和对于我们有些奇怪的土豆汤。星期天，和儿子通电话时，我对他讲起了这件事，他也非常好奇，一个劲儿直问我：“这太有意思了，你没问问她到底是怎么回事吗？”我告诉他：“我问了，小姑娘光是笑，不回答我为什么呀。”

被人记住，总是一件让人高兴的事，不过，对于我们一家三口，这确实是一个谜。也许，人生本来就有许多解不开的谜，让生活充满着迷离的想象，让人和人之间有着神奇的交流，让庸常的日子有了温馨的念想和悬念。

又过去了好几个月，树叶都渐渐地黄了，天都渐渐地冷了。那天下午，还是两点多钟，我去中关村办事，那家小馆，那个小姑娘，和那锅鸡块炖土豆汤，立刻又从沉睡中苏醒过来似的，闯进我的心头。离着不远，干吗不去那里再喝一喝鸡块炖土豆汤？便一拐弯儿，又进了那家小馆。

因为不是饭点儿，小馆里依然很清静，不过，里面已经有了客人，一男一女正面对面坐着吃饭，蒸腾的热气弥漫着他们的头顶。见我进门，一个小伙子迎上前来，让我坐下，递给我菜谱。我正奇怪，服务员怎么换成男的，那个小姑娘哪里去了？扭头看见了那一对面对面坐在那里吃饭的人中的那个女的，就是那个胖乎乎的小姑娘，对面坐着的是一个年龄大约四五十岁的男人，看那模样长得和小姑娘很像，不用说，一定是她的父亲。她也看见了我，向我笑笑，算是打了招呼。

我要的还是鸡块炖土豆汤。因为炖汤要一些时间，我走过去和小姑娘聊天，看见他们父女俩要的也是鸡块炖土豆汤。我笑了，她也笑了，那笑中含有的意思，只有我们两个人明白，她的父亲看着有些蹊跷。

我问："这位是你父亲？"

她点点头，有些兴奋地说："刚刚从老家来。我都和我爸爸好几年没有见了。"

"想你爸爸了！"

她笑了，她的父亲也很憨厚地笑着，望望我，又望望女儿。

难得的父女相见，我能想象得出，一定是女儿跑到北京打工好几年了，终于有了父女见面的机会，是难得的。我不想打搅他们，走回自己的座位，要了一瓶啤酒，静静地等我的土豆汤。我的心里充满感动，我忽然明白了，这个小姑娘当初为什么一下子就记住了我们和儿子，记住了我们要的土豆汤。人同此情，情同此理，没有比亲人之间分别的思念和相逢的欢欣，更能够让人感动和难忘的了。亲情，在那一刻流淌着，洇湿了所有的时间和空间的距离。

土豆汤上来了，抬头一看，我没有想到，是小姑娘为我端上来的。我还没有责怪她怎么不陪父亲，她已经看出了我的意思，先对我说："我们店里的人手少，老板让我和我爸爸一起吃饭，已经是很不错了。"和上次她像个扎嘴的葫芦大不一样，小姑娘的话明显地多了起来。说罢，她转身走去，走到他父亲的旁边，从袅娜的背影，也能看出她的快乐。

那一个下午，我的土豆汤喝得很慢。我看见，小姑娘和她的爸爸那一锅土豆汤喝得也很慢。

# 养老院踩点

聚会一拖再拖，本来想约在春节期间，谁知各家都忙，有的人家还添了第三代，更是忙得掰不开镊子，弄得人马总是锣齐鼓不齐。一直到前两天，才终于凑齐了多年未有的聚会。

都是当年的中学同学，插队时风云流散，转眼四十多年，好几位都是多年未见的老朋友。席间，听见几位女同学在商量着什么事情，仔细一听，才知道她们开春天暖和时要一起去昌平和顺义看看养老院的事情，如果条件不错，价钱合适，就准备先订下。

另几位听说，都凑过来，很惊讶地问："现在就去找养老院踩点，是不是早了点？"起初，我和大家的想法一致，都才是六十岁刚过，离养老院的生活还远着呢。但是，我马上改变了自己的这个想法，因为我想起了另外的一个曾经在吉林插队的同学，忽然觉得也许并不早。

去年十月，他的妻子因颈椎病做了手术。其实，妻子的病早就有了，退休之后，被单位返聘，工作的辛苦，也加重了病情。而且，起初一直以为是腰椎的问题，怎么治都没有效果，一直就这么咬牙忍着、拖着，最后走路都困难。现在终于找到病根，做了手术，走路一下子轻松多了，只是还需要戴着颈套，需要一段时间的康复。这位朋友对我讲："我忽然想起父亲当年病重时的情景，日子过得可真是快，转眼到了自己和父亲当年老的时候一样大的年龄了，想想父亲病重期间，我家里八个孩子伺候，现在，咱们都只有一个孩子，以后可怎么办呀？"

不得不承认我们都已经老了，尽管心理年龄还年轻幼稚。由于插队时干活不知轻重，这一代人已经到了很多莫名其妙的病找到头上的时候了。大多数家庭只有一个孩子，却要伺候两个老人，如果结婚，还要伺候对方家里的老人。像我的这位吉林插队的朋友，现在还好，只是爱人一个人病了，而且自己身体也还好，可以伺候爱人，用不着动用儿子，如果有一天，自己也病了呢？虽然孩子是个非常懂事的孩子，在妈妈住院期间天天下班后做好饭跑到医院里看望他妈妈。但生活的现实就这样沉甸甸地摆在面前，做父母的和做孩子的，都该怎么面对？他都不敢想，那样的一天真的到来了，会是一种什么样的情景？

一代人有一代人的矛盾和苦楚，如果说老三届经历了动荡，蹉跎了青春，那么，下一代所经历的青春岁月，即使再不会出现无论从物质到精神都那样的贫瘠和动荡的情况，却将面对一对对垂垂老矣且体弱多病的父母，到了那时候，会比他们父母多了一层难以体会到的心理和精神的压力。

想到这里，便忍不住想曾经看过的获得奥斯卡奖的电影《一次别离》，那个儿子给年老多病而失禁的父亲擦洗的时候，忽然抱着父亲哭泣的情景，让我想起我们自己和我们的孩子，仿佛电影是我们未来的预演。青春，无论是哪一代人的青春，除了美好的一面外，都会有自己独特的痛苦。

生老病死，是任何人都必须经历的，这一代人的特殊性，不仅在于青春的经历与国家的动荡命运相关，而且和国家的独生子女政策命运与共，我们的孩子都是共和国的第一代独生子女，在面对这样人生必须经历的问题时，无论对于我们还是孩子，都是第一次，会是陌生的、艰难的，也会是痛苦的。这几位女同学的未雨绸缪，只不过是比一般人提前走了几步。她们对我说想找个合适的地方，以后她们能住在同一个养老院里，彼此有共同语言，让晚年最后的日子过得顺畅一些。此外，是不想给孩子添麻烦，免去他们的后顾之忧。

听完她们的话，我的心里不是滋味。并不是感慨我们这么快就到了要进养老院的时候，而是觉得她们这样的心态，这样的举动，这样的心意，她们的孩子会懂吗？能理解吗？那是一代人历经了沧桑之后在身体变得逐渐萎缩后的一种多么复杂又委婉又夹杂着些许无奈的心绪。难道这就是她们也是我们唯一的选择吗？

# 超重

那天上午在机场送人，飞往法兰克福、伦敦、罗马和巴黎的航班，密集的雨点似的挤在一起。大概正赶上暑假结束，大学开学在即，到处可以看到推着装有大行李箱的学生们，送行的父母特别多。候机厅里，家庭的气息一下子很浓，像是客厅，相似的面孔不停在眼前晃动。

不时有孩子进了里面去办理登机手续，家长只能够站在候机厅里等，儿行千里母担忧，他们都伸长了脖子，把望眼欲穿的心情付与人头攒动的前方。不时便又看见有孩子匆匆地从里面走了出来，给家长一个渴望中的喜悦。不过，我发现，匆匆出来的孩子大多并不是为了和送行的父母再一次告别，也很少见到有依依不舍的场面，那样的场面，似乎只留给了情人之间的拥抱和牵手。

站在我身边的是一位面容姣好的中年妇女，凉鞋露出的脚趾涂着鲜艳的豆蔻色，这样风韵犹存的女人，在我们的电视剧里一般还要在男人怀里撒娇呢。现在，她像是只温顺的猫，眼神有些茫然。不一会儿，我看见一个大小伙子推着行李车，气冲冲地向她走来，没好气地对她嚷嚷道："都是你，让我带，带！都超重啦！"只听见她问："超了多少？"语气小心，好像过错都在自己的小媳妇。"十公斤！"只有儿子对母亲才会这样的肆无忌惮。听口音，是南方人。

于是，我看见母亲开始弯腰蹲了下来，把捆箱子的行李带解开，打开箱子。那是一大一小赭黄色的两个名牌箱。儿子也蹲下来，和母亲一起翻箱子里的东西，首先翻出的是两袋洗衣粉，儿子气哼哼地嘟囔着："这也带！"然后又翻出一袋糖，儿子又气哼哼地嘟囔一句："这也带！"接着把好几铁盒的茶叶都翻了出来，说："什么都带！"母亲什么话都没说，看儿子天女散花似的把好多东西都翻了出来，面前像是摆起了地摊儿。最后，儿子把许多衣服和一个枕头也扔了出来，紧接着下手往箱底伸了，只听见母亲叫了声："被子呀，你也不带了！"

我有些看不过去，走了两步，冲那个一直气哼哼嘴噘得能挂个瓶子的儿子说："十公斤差不多了，你东西都不带，到了那儿怎么办？"儿子不再扔东西了，母亲站了起来，一脸忧郁，本来化得很好的妆，因出汗而坍塌显出些许的斑纹。

“先去试试再说。”我接着对那个儿子说，他开始收拾箱子，母亲则把茶叶都从铁盒里掏出来，又塞进箱里。儿子推着行李车走了，我问那位母亲孩子去那里，她告诉我去英国读书。她脚下的那些东西都散落着，稀泥似的摊了一地。

这时，我身旁另一侧，又有一个女孩推着车走到她的父母身边，几乎和那个男孩一样气哼哼的表情，把车使劲一推，推到她父亲的脚前，说了句：“严重超重！”父亲和刚才这位母亲一样，立刻蹲下身子，替女儿打开行李箱，我一看，箱子里几乎全是吃的东西，而且全是麻辣食品，不用说，来自四川。左翻翻，右翻翻，父亲权衡着取出什么好，女儿站在那里，用手扇着风，擦着脸上的汗，说着：“这都是我想带的呀！”这让父亲为难了，倒是母亲在旁边发话了：“把那些腊肠都拿出来吧，那玩意儿占分量。”父亲拿出了好几袋腊肠，又拿出好几管牙膏、一大罐营养品和几件棉衣，再盖箱子的时候，鼓囊囊的箱子像撒了气的气球似的，瘪了下去一大块。女儿风摆柳枝推着车走了，我悄悄地问母亲这是去哪儿，回答是去法国读书。

独生子女的一代，理所当然地觉得可以把一切不满和埋怨都发泄给父母。养儿方知父母恩，他们还没到明白父母心的年龄。他们可以埋怨父母的娇惯和期待超重，却永远不该埋怨父母对自己的情感超重。

卷七

# 生活，也是一门艺术

生活中，并不是每天都会下雨，也不是每晚都出星星。

# 风中华尔兹

那天的晚上，风很大，公共汽车站上没几个人等车，车好久没有来，着急的人早打的走了，剩下的人有些无奈。这时候，走过来一个姑娘，黑暗中看不清她的面孔，但个头高挑，身材苗条，穿着一条长摆裙子，还是很养眼。但公共汽车并没有因养眼的姑娘的到来而提前进站，等车的人们还在焦急地望眼欲穿，有人在骂街了。

不知这位高个的姑娘是刚逛完商厦，还是刚赴完晚宴，或是刚刚下班，总之，她显得神情愉悦，一点也不着急，竟然伸展修长的手臂，在站牌下转了两圈。是几步华尔兹，风兜起她的长裙，旋转成了一朵盛开的花，汽车站仿佛成了她的舞台。

这一幕，留给我的印象很深，记得那一晚的站牌下，对这位突然情不自禁地跳起华尔兹的姑娘，有人欣赏，有人侧目，有人悄悄说神经病。我当时想，同样的夜晚，同样的大风，同样的焦急，人家姑娘的华尔兹，能够在自娱自乐之中化解焦灼，是本事，也是一种平和的心态。

有一天，我路过我家附近不远的一个小区，小区的大门口有一间不大的收发室，收发室的窗前挂着一块小黑板，黑板上密密麻麻地写着几门几号有挂号信，几门几号有汇款单，无论是阿拉伯数字，还是汉字，都写成斜体的美术体，分外醒目。一笔一画，一丝不苟，写得正经不错。走过那么多的小区，还从没见过哪里的收发室前的小黑板上有这样好看的美术字呢。

有意思的是，我看见收发室里坐着的一个小伙子，正拿着支笔，正襟危坐，往纸上写着什么。好奇心驱使我走了过去，和小伙子打招呼，一看他正在练美术字，双线镂空的美术字，满满地写在了一张废报纸上。我夸他写得真好，他笑着说天天坐在这里没事，练练字解闷呗。

其实，解闷的方法有多种，喝喝小酒，看看电视，下下棋，都可以解闷。小伙子选择了写美术字，即使往小黑板上写邮件通知，也要用美术字写得那样整齐、那样好看，就像学校里出板报一样正规。我对这个小伙子心生敬意，因为并不是什么人都有他这样的本事，能够将日常琐碎的事情做得如此赏心悦目，让自己看着，也让别人看着，那么舒服。

曾经在网上看到浙江湖州一位叫作李云舟的小伙子，和我见过的这个小区用美术字写黑板的收发小伙子，有异曲同工之妙。李是一个小区的保安，他向他的主管提了好多建议，都没有被采纳，一气之下，不干了。不干了，他的辞职信写得不同一般，竟然是用文言文的赋体形式写成。你可以说他怀才不遇，你也可以指出他的赋有这样那样的毛病，但你不得不承认，那赋古风悠悠，洋洋洒洒，有典故，有文采，还有他的抑制不住的心情，或者那么一点自尊和自命不凡。于是，这篇赋体的辞职信迅速在网上走红，而李被称之“湖州第一神保”。也可以这样说，这是中国第一赋体的辞职信呢，简称：“中国第一赋辞”。

生活中，并不是每天都会下雨，也不是每晚都出星星；花好月圆总是属于少数人，月白风清总是属于幸运儿。大多的人，大多的日子，却是庸常琐碎、寡淡无味，甚至会有许多苦涩和不如意，怀才不遇的折磨会更多。能够如这两位小伙子，即使写再平常不过的邮件通知，也要写成与众不同的斜体美术字；即使写再卑微不过的辞职信，也要写成一唱三叹的赋体。我想，这也许就是我们常常说的一种对生活的态度吧？是古诗里说的：行到水穷处，坐看云起时；是罗大佑唱过的：胜利让给英雄们去轮替，真情要靠我们凡人自己努力；是那位大风里焦急候车的姑娘，将生活化为了华尔兹，让哪怕是滋生出来那一点点的艺术，也会有一点点快乐，温暖我们自己的心吧？

# 芝加哥奇遇

我觉得，那应该算是一次奇遇。

那天，去芝加哥交响乐大厅听他们演奏海顿的大提琴音乐会，在芝加哥大学前的海德公园那站赶公共汽车，紧赶慢赶，还是眼瞅着车门旁若无人般“砰”的一声关上，车屁股冒出一股白烟跑走了。只好等下一辆，心里多少有些懊恼。就在这时候，慢悠悠地走过来一位老太太，满头银发，身板挺括，精神矍铄。我没有想到，下面是音乐会演出之前，老天特意为我加演的一支序曲。我应该感到庆幸没有赶上那辆车，否则，将和这位老太太失之交臂，便也没有了这次奇遇。

等车的只有我和老太太，闲来无事，便和老太太聊起天，偏巧老太太也是爱说的人，一起打发漫长的等车时间。老太太是德国人，一开始和丈夫在爱沙尼亚工作，“二战”之后，爱沙尼亚被苏联占领，一直到1952年，她和丈夫才有机会离开那里，来到美国。丈夫研究生物学，在芝加哥大学当教授，后来又当了系主任。老太太便落地生根一般，一直住在了芝加哥，再没有动窝。

一边听着，心里一边暗暗算着，老太太得有多大年纪了？从来芝加哥到现在就已经过去了五十八年，再加上在爱沙尼亚工作的时间，起码有八十多岁了。可看老太太的样子，哪里像呀。我们这里八十多岁的老太太，谁还敢再挤公共汽车？尽管一般不问外国女人的年龄，我心里的疑问还是忍不住地问出了口。老太太的回答让我叹为观止，老天，她竟然整整九十岁了，这简直有点像是老树成精了。

她看出来我的惊讶，连说："我是1920年生人。"天真地证明着自己，绝对没有错。我忙说："没想到您的身体保养得这样好。"她笑着摆摆手说，不是保养，是常常听音乐会的结果。

原来，我们是同道，都是去听芝加哥交响乐团的海顿大提琴音乐会。一下子，涌出同是天涯爱乐人，相逢何必曾相识的感觉。心里一个劲儿地想，这个世界上还有几个九十岁的老太太，能够有如此兴致，身板如此硬朗，大老远地挤公共汽车去听一场音乐会？不敢说是绝无仅有的奇迹，也实在是难得一遇的奇遇。

车一直没有来，让我们多了一些交谈的机会。我知道了，老太太一生中最大的爱好就是音乐，芝加哥交响乐团是陪伴她半个世纪的朋友，从库贝利克到索尔蒂到巴伦博伊姆，几任指挥走马灯一样轮换，她对乐团却葵花向阳一般始终如一，每年在它的演出季里挑选自己钟爱的音乐会，挤公共汽车去听，是她这些年的坚持。听到这里，我对老太太肃然起敬，无论什么事情，能够坚持这么长时间，就都不是一件简单的事情了。许多的经历，一次两次，也许说明不了什么问题，但坚持下来，放在人生的长河里，能随着时间一直流淌至今，即使穿不起一串珍珠，也穿起了属于自己最珍贵的记忆。尤其到了老太太这样的年纪，人和人之间显现出来的差别，不在于地位、房产或儿孙的荣耀，除了身体，最主要的就是能够拥有属于自己的回忆，这是一笔无人企及的最大财富。

不过，老太太也有属于自己的遗憾，那就是丈夫的工作忙，这辈子没有陪她听过一次音乐会。如今，丈夫早已经先她而去，她依然坚持自己一个人去听音乐会。她对我说，丈夫虽然没法陪她听音乐会，但一直都特别高兴她去听音乐会，每一次听完音乐会回到家里的时候，丈夫总会听她讲讲音乐会的情景，便也和她一起分享了美妙的音乐，成为最难忘的时光。本来说好的，丈夫要陪她听一次音乐会的，票都提前订好了，丈夫却住进了医院，再也没有起来。

是莫扎特。老太太没有告诉我是哪年的事情，只告诉我要听的是莫扎特的音乐，话音里并没有什么特别的哀伤，核桃皮一样皱纹覆盖的眼睛里闪着亮光，那里面也许更多的是回忆和怀念吧。我猜想，在没有丈夫的日子里，听音乐会不仅成为老太太爱乐的一种习惯，也成为她和丈夫相会的一种方式。

车来了，我要搀扶她，她却很硬朗地一个人上了车。这一晚的音乐会，是我听过的音乐会中最奇特的一次。因为有了老太太奇特年龄和奇特经历的加入，就像在乐谱里加入了奇特的配器，在乐队里加入了奇特的乐器一样，让海顿的大提琴多了一层与众不同的韵味。觉得特别低沉的大提琴，那么像是一位饱经沧桑却又保持一腔幽怀的老人。

# 图书馆的名字

哥伦布市虽然叫作市，其实是比一座小镇还要小的袖珍城镇。它位于美国中部印第安纳州的腹地，很少有外来游客的侵入，安静自得，犹如世外桃源。全城的人口不过四万，这样稀少的人口密度，比北京的一个社区住的人都少，想不安静都不行。

哥伦布市的第五街上，有一座红色矩形的图书馆，是贝聿铭设计的作品，简洁爽朗的线条，和四周古典式的建筑对比现代感很强。门前的广场上，矗立着名为“拱门”的青铜雕塑，同样出自名家，是亨利·摩尔的作品，与图书馆对视，一红一绿，别有一番寓言意味。

这座图书馆是哥伦布市的新图书馆，1969年建成，从而替代了1899年的老馆。新馆起的名字叫作克利奥·罗杰斯（Cleo Rogers）图书馆，以人名命名，这个人应该有些来头。

走进图书馆，宽敞明亮的阅览大厅，书架林立，电脑齐整，沙发娴静，玻璃窗洒进温煦的阳光，墙壁上有各种装饰画，一角设有哥伦布市有名的建筑图片介绍。别看哥伦布城小，却有六十多座建筑，都是全世界包括埃利尔·沙里宁、贝聿铭、凯文·洛奇在内的著名设计师设计的艺术作品，学校、医院、消防、邮局、公交车站，甚至连停车场和监狱，都出身名门。也许是我看得不仔细，在图书馆里，我没有找到关于这个克利奥·罗杰斯的介绍。

回到住所之后，从图书馆借来一本美国小镇丛书中《哥伦布市》的小册子，终于找到了克利奥·罗杰斯这个名字。原来他是图书馆的一名管理员，在哥伦布市的老图书馆里工作了二十八年，直至1964年五十九岁时去世。五年之后，出资请来贝聿铭设计并建造这座图书馆的，是哥伦布市的康明斯公司的老板欧文·米勒。图书馆并没有如他们那里的很多建筑愿意以出资人命名一样，冠以欧文·米勒的名字。它只是以一个普通的图书馆管理员的名字来命名。我不知道，这个世界上众多的图书馆，还有没有和这座图书馆一样，也是以一名图书馆管理员的名字来命名的。我对这座图书馆怀有深深的敬意和感动。

读完这本《哥伦布市》的小册子，我在想，如果这座图书馆的名字，不是以克利奥·罗杰斯的名字来命名，而是以出资人欧文·米勒的名字，或以设计者贝聿铭的名字来命名，还会让我感动吗？我想起李宗盛在《真心英雄》里唱的那句歌词：“灿烂星空，谁是真的英雄，平凡的人们给我最多感动。”是的，一个普通平凡的图书馆管理员，以自己的半生时光，默默地奉献给了图书馆，图书馆以这样的方式回报他，把他的名字镶嵌在图书馆的门额上，让他的名字和时光一起流传，让逝去的平凡岁月有了清澈而温暖的回声。这是对普通人劳动最美好最真挚的尊重。这个世界上，并不只是那些成功人士，如功成名就的艺术家、发了财的老板，可以占据岁月光鲜耀眼的位置，李宗盛的歌唱得好，平凡的人们给我们最多感动。

回过头来，再看看这座克利奥·罗杰斯图书馆，会为其设计和周围建筑布局的匠心独运所赞叹。门前的广场，已经成为如今哥伦布市的中心。图书馆对面，是1895年建的老市政大厅，砖红色的古典建筑；旁边是1942年建的第一教堂，现代建筑师鼻祖、芬兰设计师埃利尔·沙里文的作品，米黄色的不对称建筑，号称美国的第一个现代派的教堂，不仅是哥伦布市也是全美标志性的建筑；图书馆的东边，是哥伦布市的欧文花园旅店，建于1864年，深棕色错落有致的楼体，和意大利式的古典花园，是这里现存的最老的建筑之一。这三座建筑，和最晚1969年的图书馆，呈稳定的四边形状态，彼此对峙，相看不厌，构成哥伦布市历史的连接线，让哥伦布市如同一棵大树。四座不同年代的建筑，呈现出不同的年轮，逝去的岁月，一下子变得看得见，摸得着了。你会感到，在哥伦布市一百多年的历史中，普通人完全可以成为主角之一，是这条历史长河中的一朵清澈的不可或缺的浪花。建筑不过是凝固的历史，是人的精神和形象的一种外化——克利奥·罗杰斯图书馆就是代表。

四面有风，广场上扑面而来有花香浮动。正是玉兰、海棠、丁香和紫荆花开的季节。

# 塔夫特夫人的选择

在美国的城市里，辛辛那提不算大，却一直以为是座富有艺术气息的城市。对我而言，不为它有驰名世界的辛辛那提交响乐团和那古老而美丽的音乐大厅，更为它有家私人美术馆，给这座城市提气，为这座城市平添一抹异样的艺术色彩。

这座美术馆叫作塔夫特（Taft）。它坐落在辛辛那提第四大街附近派克街316号。离俄亥俄河很近，是一座漂亮轩豁的别墅。展厅在二楼，从二楼的咖啡厅可以步入宽敞的露台，从露台可以下到一层花木扶疏的花园。作为私家美术馆，它的规模足以和巴黎一些大都市里的私家博物馆相媲美。

引我慕名而来的主要原因，是美术馆的主人安娜·塔夫特夫人。她是辛辛那提历史上第一位百万富翁塔夫特先生的独生女，从父亲那里继承下万贯家财，按照我们现在的说法，属于“富二代”。她完全可以过一种贵妇人的生活。看美术馆里陈列着她的雕像和油画肖像，雍容富贵，真有贵妇人的容颜和姿态。她不仅是“富二代”，而且属于美女级的“富二代”，无形中为她锦上添花。她的丈夫是位毕业于哥伦比亚大学法学博士的律师，收入不菲，家境也很富有。那么多的钱怎么花，是摆在所有“富二代”面前的一道人生课题。她对她的丈夫说，与其我们拿钱去投资股票或置办房产，不如用来投资艺术品。她的丈夫欣然同意。他们一共拥有十个孩子，没有把钱给孩子们，却开始了艺术品的收藏。当收藏到一定规模的时候，他们没有把这些藏品送到拍卖会上，让其金钱的数字翻着跟头地上涨，而是将这些价值连城的藏品，外加把自己住的别墅一并让出来，辟为美术馆。

1931年，安娜·塔夫特夫人去世。1932年，美术馆在这座1820年建的老建筑里正式对外开放。

在美术馆展览手册上，有一幅他们的全家福，旁边写着这样一段话：“欢迎来到我们的家，也是你们的家。这个HOUSE，这艺术，属于你们，如果换一个视角来看，你们会有新的发现。”这就是塔夫特夫人和他们全家创建这座美术馆的意图，或者说是他们的心愿。当然，也是他们为那些万贯家私和自己心的归宿的一种选择。

这种选择，让我感动，值得尊敬。并不是每一位“富二代”都能做出这样的选择。我们看到的一些“富二代”，更多的是如塔夫特夫人所说，愿意选择投资股票和房地产，还有不少则愿意投资可以赚钱而喧嚣的餐馆、酒店、会所或影视，甚至可以一掷千金地豪赌，包养女人，去酒吧里胡作非为，花天酒地，醉生梦死。如塔夫特夫人一样，愿意拿自己毕生的财富投资艺术品并创建美术馆，不为自己独自鲸吞，而让更多人一起分享，为社会服务，在现代人中还很少见。

二楼的十四个房间，成了展厅。藏品很丰富，甚至有的藏品比一些国家博物馆还要丰富。比如，它的美术作品，从十七世纪到二十世纪，包括了伦勃朗、英格尔、特纳、科罗、卢梭、米勒的珍贵油画。其中有美国早期著名印象派画家詹姆斯·惠斯勒（James McNeill Whislter）的代表作《在钢琴旁》，成为镇馆之宝。还有一位辛辛那提本土画家弗兰克·杜韦内克（Frank Duveneck），他是辛辛那提美术的奠基人，他画的那幅有名的油画《辛辛那提少年》也收藏在这里。如今，这幅画被画成巨幅壁画，在辛辛那提的街头顶天立地，成为辛辛那提的标志和骄傲。

它的藏品另一个打眼之处在于中国瓷器，从唐代到清代，琳琅满目，每一个展厅，甚至走廊里，都摩肩接踵密集地陈列着，真有些乱花迷眼。其中清康熙年间的瓷器尤为多，不少是在中国少见的外销瓷，外形和色彩都有些古怪，有些替洋人做审美想象的东方意识。还有一个打眼处，便是很多展厅里都陈列着塔夫特夫妇的画像和雕塑，都是左右对称的匹配，仿佛依然蝶双飞一样在出双入对。看这些雕塑和画像，丈夫风流倜傥，夫人风姿绰约，会不会多少有些是画家雕塑家对他们的美化？马上又打消了自己这个小心眼儿的猜想，应该是对他们的敬意，难道不应该为他们的这种选择而心怀敬意和感激吗？

还值得一提的是，它每年都会从世界各地请来一些展览，作为自己的特展。这一点，和正规的美术馆一样。今年它便有五次特展，我来这里，赶上的是美国早期摄影作品展，都是十九世纪中期的作品，被镶嵌在项链坠、首饰盒或小型镜子里，成为艺术，也成为历史。当然，这是需要花钱的。我们的美术馆常常也有一些莫名其妙的特展，不知是什么人的画和字，都可以堂皇入室摆在那里，是为美术馆挣钱的。选择就是这样的不同。

# 莎士比亚书店

在最新一期《三联文化周刊》上，读到一篇署名里克的短文《乔治·惠特曼》。才知道在巴黎颇负盛名的莎士比亚书店的老板叫乔治·惠特曼，而这位已经九十八岁的老人，在刚刚过去的2011年的年底去世了。禁不住心里涌出一阵伤感，也有一份敬意。

开在巴黎左岸拉丁区的莎士比亚书店，是巴黎的一道风景。虽然它的门前赶不上卢浮宫或巴黎圣母院那样人流如织，但喜欢书籍和文学的人，那里是不可不去流连的地方。我一直以为，在巴黎的左岸，莎士比亚书店和黑猫咖啡馆是对称的两极，如同我们古典诗歌里精美的比兴和对仗，让巴黎有了诗的韵味。

这两个地方，都曾经是作家、艺术家常来的地方，当然，是那些潦倒的作家、艺术家，绝对不是如今我们这里经常光顾摆满精致座签前或财富排行榜上的作家、艺术家。但是，在这两个地方，却诞生了杰出的作家、艺术家，比如乔伊斯便是诞生在莎士比亚书店，德彪西诞生在黑猫咖啡馆。那里充满艺术的气息和自由的呼吸，让巴黎这座城市海纳百川，真正的是大狗可以叫，小狗也可以叫。

和黑猫咖啡馆不大一样的，是莎士比亚书店还为那些潦倒的作家提供免费饭菜和住宿，老乔治腾出来的是自己在三楼的卧室。他让他们在这里看书写作，过几天或几个月自由自在地和莎士比亚和缪斯接近的日子。他喜欢看年轻人天真快乐有点伤时感怀的样子。

三年前的五月，我从巴黎圣母院出来，本要去拉丁区看我曾经在北大荒的一位朋友在那里开的一家小店，谁想过了塞纳河没走几步，一眼就看见了莎士比亚书店，绿色的店铺门窗，如同春天的绿叶一样清新醒目，顿时立在那里，然后跑了几步奔了过去。那感觉，有几分他乡遇故知的意思。想起在电影《爱在落日前》里第一次看到莎士比亚书店的样子，电影专门把两个分别多年的恋人安排在书店里见面，看两位恋人激动不已的样子，大概和那个细雨霏霏的五月天我见到它的真容时差不多吧，只不过，彼此的心情不同。

其实，书店很小，但到处堆满了书，从楼梯口到天花板。

和我们这里的书店不一样，和台湾有名的诚品书店也不一样，我们的书店过于讲究，装潢修饰得如同光鲜的贵妇，或小资味道洋溢，让书和店一起都扮演装饰的角色。莎士比亚书店却呈书的本色，纷乱拥挤的书，如同家的柴门前随意堆放烧火用的木柈，也如同褪去华丽服装和妖冶笑靥的村妇，给你备好的是家常饭菜和浊酒老茶，有一种放翁诗中“浅倾家酿酒，细读手抄书”的亲切感觉。

那一天，店里客人不多，几个年轻人拿着书坐在书店外面的椅子上读书，和着书香，享受着五月巴黎的和风细雨。遗憾的是没有看见老乔治，只看到有一位年轻的女人安静地坐在一张书桌前。现在想来，一定是里克在文章里写到的，是老乔治的女儿希尔维亚·惠特曼了。老乔治是六十八岁才得此宝贝女儿的，爷俩儿相继经营着这家书店已经六十余年了。想想居然可以把一家书店原封不动地经营了六十多年，真的是个奇迹。

想起三年前曾经和莎士比亚书店不期而遇的邂逅，也想起我们的书店。我们个体经营的书店不少已经关门，就不要奢望能够有半个多世纪历史的老书店了，让你感受岁月沉甸甸的沧桑，让你的怀旧心情有一个落脚的去处。如今的我们什么都是要讲究效益的，已经绝对不干老乔治这样赔本赚吆喝的买卖了。想当年，老乔治用五百美元就盘下了这个寸土寸金的地方改造成了书店，如今更如天方夜谭一样令人瞠目了。如今，会有不少精明人劝说老乔治父女赶紧改换门庭，将书店摇身一变为酒吧歌厅或餐馆。

但是，如今我们不是在讲文化的建设和发展吗？一座现代化的都市，如果仅仅有酒吧歌厅餐馆或摩天大楼，没有一个类似莎士比亚书店这样的老书店，如一棵老梅树顽强地摇曳着嶙峋老枝的话，这座都市只能是一个文化单薄的暴发户。